拾碎

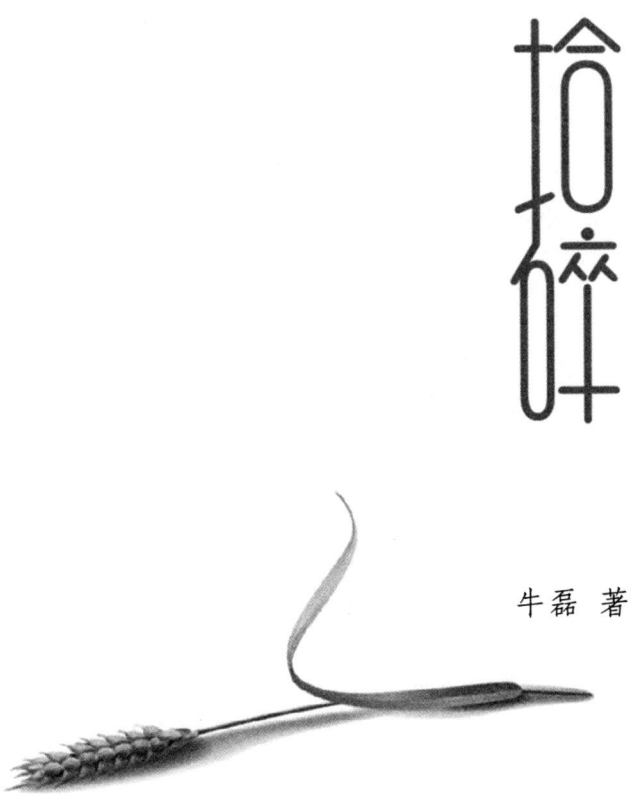

牛磊 著

学苑出版社

图书在版编目（CIP）数据

拾碎 / 牛磊著 . —北京：学苑出版社，2017.3
ISBN 978-7-5077-5208-3

Ⅰ. ①拾… Ⅱ. ①牛… Ⅲ. ①读书活动—中国—文集 Ⅳ. ① G252.17-53

中国版本图书馆 CIP 数据核字（2017）第 081099 号

出 版 人：孟　白
责任编辑：魏　桦
出版发行：学苑出版社
社　　址：北京市丰台区南方庄2号院1号楼
邮政编码：100079
网　　址：www.book001.com
电子信箱：xueyuanpress@163.com
联系电话：010-67601101（营销部）、010-67603091（总编室）
经　　销：全国新华书店
印　刷　厂：保定市彩虹艺雅印刷有限公司
开本尺寸：880×1230　1/32
印　　张：7
字　　数：160千字
版　　次：2017年6月第1版
印　　次：2017年6月第1次印刷
定　　价：36.00元

柏拉图说:"思维是灵魂的自我谈话。"用思考滋养精神生活,用文字记录思维瞬间,既是一种心智模式,又是一种生活方式。如果说读书、思考与练笔有何目的的话,那就是这些活动本身。

前言

1. 拾碎

应该说，我原是不怎么读书的人，但现在半年多的读书量，大概是大学毕业以前所有课外阅读量的总和。一年多来，我慢慢地喜欢上了读书，且读书之余养成了练笔的习惯。在当今浮躁的年代，我曾经有段时间为自己定下的目标是"思、译、行"，思是思考、思维，即培养静心思考的习惯，锻炼自己的思维能力；译是口译、笔译，即锻炼自己的语言表达能力和文字表达能力，2015年我在不同的高校分不同主题进行了近20场分享，撰写了8万余字的思考；行是行动，提升自己工作生活方方面面的行动力。一年多来，早起后或工作之余，我试图培养自己锻炼身体、练字、读书、练笔等习惯，而坚持最好的是读书和练笔。这本集子，集结了2015年1月至2016年7月练笔的点滴，是对自己读书思考后的一种梳理，是自己对生活、对人生的一种感悟，也是思维成长的一个缩影。文如其人，我想，了解一个人的内心世界，就是看其书、读其文。

2. 拾穗

我来自农村，对拾穗有着特殊的感情，挥之不去。记得小时候，每年芒种后的麦收时节，都会跟着家人在收割后的麦田里捡拾遗落的麦穗，这些遗落的麦穗看上去不起眼，但积少成多，捡多了成果不可小视。也许只有在火辣辣的太阳底下弯腰拾穗，才能真正地体会"谁知盘中餐，粒粒皆辛苦"。拾穗，既代表我们常说的不劳无获，又暗含勤俭节约的美德，以及我们博大精深的稻田文化。"拾穗"暗含了太多的人生哲理，所以此本集子取"拾穗"的谐音"拾碎"。碎石本是碎石，捡拾多了，也许有天能集结成有用之材。这本书，也算是对一年多来"拾碎"的一种例证吧。

3. 十岁

十年前，我到了一个新的岗位工作，岗位升迁、结婚成家、考研成功，算是三喜临门。十年后的今天，我又换到另一个岗位工作，离开时有太多的不舍，毕竟在一个单位待了十年，感情至深。十年中，北京建筑大学建筑学院师生给了我太多的理解、支持，我才得以成长。在艺术范儿实足的同事身上，我多少受了些艺术熏陶，这十年，让我受益良多。而到了新的工作环境并适应后，部门的新同事，又给了我莫大的包容和支持，更让我体会到了人与人之间的真情，让我对"人生在于体验"有了更深的思考和感悟。以"拾碎"为名，也算是对过去十年的一种纪念。正是十年的量变成长，才成就了我一年多的"拾碎"之果。

我们有太多的梦想，只能算作是梦，想想而已，不能真正称其为梦想。真正的梦想，贵在追逐梦想实现的路上。在网络化、信息化高度发展的今天，我们很容易受社会大环境的影响而一味地选择从众、人云亦云，缺乏我之为我的特性。我们真正想要什么，只有自己知道。特别喜欢一本书的书名——"不要让未来的你，讨厌现在的自己"。十年后是什么样子，是十年前的每一年、每一天决定的。乔布斯曾说："你不能预先把点点滴滴串在一起；唯有未来回顾时，你才会明白那些点点滴滴是如何串在一起的。"十年后怎样，在于当下的点滴如何。

近一年多来，是我心路历程成长最快的一年，这一年的成长，得益于众多师者、友人对我工作、生活等方方面面的鼓励，仅本书书名的选取，就得到了很多友人很好的建议，在此对众多友人的关心指导致以诚挚的谢意。

拾碎、拾穗、十岁，记得有次朋友说："用一年的时间，做一件令自己感动一生的事情。"期待十年后的今天，我能因这本书而改变，变得更好、更向上。无论十年后怎样，希望自今日起能通过继续拾碎，成长为更好的自己。

2016 年 9 月 21 日

目录

教育随笔 / 1

"教育"随笔 / 3

问题决定答案 / 7

遇见孩子,遇见更好的自己
——"学前学后"学前班毕业典礼家长发言 / 13

教育的终极目标是走向自己 / 17

创新时代,教育怎么办? / 20

教育的目的 / 26

生活即教育 / 30

向教育竞自由 / 33

从儿子学游泳谈起 / 38

品味大学 / 41

倘大学重来,我会坚持些什么 / 43
大学新生,你想进入什么样的圈子? / 47
喊话大学新生:考研这条路,和自己约吗? / 50
研究生应培养的三个基本素质 / 53
与窦志对谈职业规划 / 57

有感读书 / 61

有感"专业主义" / 63
有感"卓有成效的管理者" / 68
人生如戏
　　——读白燕升老师《大幕拉开》有感 / 72
《异类》,异类?! / 77
浅谈"从0到1"与"从1到n" / 82
不动笔墨不读书 / 86
也谈为学的境界 / 89
唯读书不能辜负 / 92
读曾国藩家书学为人之道 / 97
由高考作文谈读书 / 102

生活感悟 / 105

也谈"匹配" / 107

学会孤独 / 110

悟空之道 / 113

生活在于体验 / 116

时代呼唤特立独行之精神 / 119

己所欲，勿施于人 / 122

学会宽容 / 127

做一名麦田里的守望者 / 129

在普通的生活中感受美 / 132

行走在"不行"至"行"之路 / 136

搞不定自己，你怎么带团队 / 140

让梦想照进现实 / 144

优秀与成功 / 148

学会与自己谈心 / 151

我所理解的中庸之道 / 160

如何少误解这个世界 / 162

对幸福的思考 / 166

人生需要第二条辅助线 / 169

碎想杂谈 / 173

父亲节 / 175

毕业季，话别离 / 177

唯真情持久有力 / 179

父爱如山 / 182

习惯的力量 / 186

对安全稳定工作的哲学思考 / 189

用行动诠释工匠精神 / 193

浅谈人文精神 / 197

甘当一辈子小学生 / 199

行知论 / 202

人生永远没有毕业 / 206

法制与人情 / 209

后记 / *211*
编者语 / *213*

教育随笔

教育孩子和教育学生在理念上与自我教育是相通的,那就是如何提升自己完善自己,教育的目的是为了让人们学习知识有一技之长成为某一方面的专家学会幸福欣赏美等等让每个人都加强对自我教育的认识并提高自我教育的能力,应是教育的关键走向自己应是教育的终极目标。

拾碎

　　教育孩子和教育学生，在理念上与自我教育是相通的，那就是如何提升自己、完善自己。教育的目的是为了让人们学习知识、有一技之长、成为某一方面的专家，学会幸福、欣赏美等等。让每个人都加强对自我教育的认识，并提高自我教育的能力，应是教育的关键。走向自己，应是教育的终极目标。

"教育"随笔

我越来越觉得，幼儿园教育、中小学教育、大学教育与一个人的自我教育是相通的，这种相通，其根本是"我"的自我完善和提升，而"我"是我们教育者、被教育者中的每一个人。古语有"三人行，必有吾师"，我们每一个人随时都扮演着教育者、受教育者两种角色，即便是三岁孩子的言行，也能带给我们一些思考。我们随时都可能会被三岁的孩子"推动、摇动和唤醒"，这就是教育。这也就自然有了人们常说的"教学相长"、"和孩子共同成长"。时刻觉得自己高人一等、无所不能，时刻以教育者身份自居，无论是师者教育学生、家长教育孩子，都是有些不妥的，抑或是片面的。而做到"教学相长"，每一个"我"都有收获、能成长，作为一名教育工作者，我认为应做到以下几点：

1. 学会接纳彼此

不得不承认，人与人之间是有感觉的，因此，你接纳了别人、别人才会接纳你，而接纳对方是沟通、育人的前提。接纳别人，其前提是接纳自己，接纳自己的内心，接纳自己看待及评价人、事、物的标准。这是一种坦然、一种释怀、也是一种活在当下的状态。试着接纳自己所有的状态，接纳别人所有的状态。万事万物都有其存在的道理，我们不能用自己的价值观来评判所有人，因为每个人都是一个不同的客观存在，也正是因为不同个性的存在，才推动着社会的发展。

接纳彼此，就是抱有真情大爱。而大爱，首先要爱自己，其次是爱别人、爱事业，而爱别人，要用对方能够接纳的方式、能够感受得到的真情去爱，披着爱的外衣施与爱，往往对方接收不到，或是有折扣的接收。真正的爱不是我们付出多少，而是被爱的对象能接受多少。

2.胸怀空杯心态

接纳别人的前提，要学会清空自己，即要有空杯心态，要虚怀若谷。尤其在信息化、协同化的今天，我们个人的力量实在是太渺小，任何事情都离不开团队、离不开组织。一个单位或组织离开任何一个人照样发展，地球离开任何一个人照样转动。毛泽东曾用"放下臭架子，甘当小学生"来强调如何开展调查研究，谈的即是一种学习心态、一种空杯心态。当然，怀有空杯心态，不是说我们诸事都如此低调不张扬，人定胜天的雄心壮志、我们的梦想还是要有。

胸怀空杯心态，就是要多看别人的优点、多学别人的好，聚焦价值、聚焦正向、聚焦目标、聚焦绩效，换个角度看问题，会给人带来豁然开朗的感觉。

3.养成学习习惯

学习，包括学习做人、做事、做学问，古人云："师者，所以传道授业解惑也"，作为教育者，理应有道可传、有业可授，并能答疑解惑，而做到这一点的前提，就是学习。

所有的一切都是学习，不仅上课是学习、参加培训是学习、看书是学习，有时参加一个会议、一个论坛、一个饭局也有可学之处。一句话、一个主持流程、一个座位排序等等都能让我们学习新知，有所收获，而前提则是要有空杯心态，正所谓"处处留心皆学问"。诚然，学习也有被动与主动，有心与无心，时间久了，不同的学习习惯所带来的不同的学习效果自然就会呈现出来。一位资深华人曾说："'学习、成长、改变'是解决任何问题的核心，且一生的学习和改变，都是为了和对等的人相知相伴。"这一总结很有哲理，如何与我们生活圈、工作圈、家庭圈、朋友圈等不同圈子中对等的人相知相伴，保持自身的"学习、成长、改变"是必需的。

4. 坚持独立思考

在快餐化的今天，我们很容易忽视自己的内心所愿。不妨尝试一下，独处时，和自己的内心对对话，思考一下我真正想要的是什么、想拥有什么样的生活、想拥有什么样的心态。在某一灵感昙花一现时，抓住瞬间之美，随时记录所感所想，写的多了，自然就不手生了。独立思考还应体现在凡事自己有主见，而非人云亦云，旁人的认可、社会的评价，虽重要但不应是我们的全部，我们还要学会做自己。我们不宜瞄准目标一定要成为谁，应寻找适合自己的成长方式，然后成长为更好的自己。创新源自思考，实现"吃一堑、长一智"在于反思，也是一种思考。思考是一种习惯、一种生活状态。多数的能力是由后天习得，我们经常说某人思考能力强，既然思考也是一种能力，那么经由后天的练习，思考能力是可以提高的。

5. 做到知行合一

知识是学出来的，能力是练出来的，只有学用结合，我们所学的知识才能转化为自身的能力，也只有说到做到，才能树立榜样被别人认可。由知到行、由行致知，是循环往复的过程，"身教胜于言教"、"桃李不言，下自成蹊"等等，说的都是务实真做的重要性，也是在诠释知行合一的道理。我们往往知道树立目标的重要性，也知道愿景很美好，但到了行动的时候，很容易给自己找借口不实施。

"知行合一"中的"知"，应是真知，而不是一知半解，更不是我认为的知、单方面的知，要真正地了解被教育对象，了解其教育背景、内心想法、特点需求等等，只有把好脉，才能对症下药。"知行合一"中的"行"，是真行，是真正甩开膀子干，而非扯破嗓子喊。要求别人做到的，自己先做到；要求别人遵守的，自己先遵守。

一言以概之，教育最大的魅力，在于教育别人，成长自己。

2015 年 6 月 7 日

问题决定答案[1]

从提问的分类来看，有封闭型和开放型两类。封闭型提问，即针对提问的回答或回应一个固定答案，如针对"你作业写完了吗？"问话，得到的回答只能是"写完了"或"没写完"；而开放型提问得到的回答或回应不止一个答案，如"为了使结果更好，你会怎么做？"，对于这一问题的回答，会有很多种答案，并能促使被问者放飞思绪，发现更多的可能。

作为辅导员，我们经常会听到学生跟我们说："老师，我想考研，但就是没有毅力，坚持不下去。"对于这一问题的回应，不同的老师，会给出不同的回应。

回应1："你要做好学业规划，把时间利用好，少做其他与考研无关的事情。"

回应2："其实，有毅力坚持确实挺不容易的，好多学生都面临这样的困扰。"

回应3："我想知道，考研对你意味着什么呢？你打算做哪些准备呢？"

回应4："为了应对这个问题，你做过哪些尝试呢？"

回应5："如果这个问题解决了，对于你来说，会带来哪些你期待的结果呢？"

---

[1] 此文系2015年4月华中农业大学辅导员培训文字稿。

对于回应1，多数家长或许会这么说，在学习生涯中，学生受到此类的教导实在是太多了，早已屏蔽了这样的回应，也即学生对这类教导不会有太多的思考和触动，显然不是好的回应。对于回应2，则是将对考研没毅力坚持视为很普通的现象，学生得到此回应后会觉得自己坚持不下去也很正常，同样不会有触动。对于回应3，则是将短期的考研目标与自己未来的长远发展目标建立链接，激发学生考研的动力。回应4则是进一步促进学生为克服困难坚持学习而寻找方法、去行动。回应5，则是让学生对破除障碍后的状况勾勒出美好愿景，同样是促进学生去为考研而行动。

好的问题一般有五方面的特征：第一、通常都问"什么"；第二、引领行动；第三、目标导向而非问题导向；第四、关注现在和未来，而非过去；第五、包含强有力的假设。

特征一，一般是问"什么"。如：你想要什么？什么对你是最重要的？为了实现这个目标，接下来要做些什么？你在学校最想要的是什么？四年以后，你最想过什么样的生活？而少问"为什么？"，如果问"为什么？"可能会让对方有所防备；对方可能会编造借口；对方可能会解释、证明，或者辩护。"为什么？"类型的问题，多是负向行为，容易让对方搜索哪些不良情绪或事件。如我们经常问学生，你怎么又没完成作业？你怎么又迟到了？面对这种问话，对方多会为自己找借口解脱，这是人的本性使然，尤其在大多数人面前问此类文话，还容易激起学生的对抗心理。而正向行为可以问"为什么"，如近期你的进步为什么这么快？你为什么做这么好，可以和大家分享一下吗？

特征二，引领行动。如你将采取什么行动？你将做什么？你什么时候做？下一步是什么？

特征三，目标导向而非问题导向。即相信每个人都是OK的；人们已具备他们需要的所有资源；每个行为背后都有积极的意义；人们有能力做出改变。几年前，在网络游戏刚刚起步的时候，一名学生经常到校外网吧打游戏，我和辅导员、班主任以及学生家长多次苦口婆心地劝其改掉不良习惯回归课堂，但多数情况下几乎都没有效果。在老师和家长眼里，一名外地生能考到北京建筑大学最好的学院，学习城市规划专业，应是令人非常羡慕的事情，所以总以教导的口气劝其好好学习，但这些都不是学生自己想要的。最终，学生通过转到其他专业学习，情况才得以好转。而对于这类问题学生，现在反思，一是其上网玩游戏也有其积极意义，即在现实生活中得不到认可，在虚拟的网络世界，也许会因是一名网络高手而获取满足，这种追寻自我价值认可的最根本的人性，不能说是完全错误的，只是需要引导，如果一开始即不认同、站在对立面，则教育引导的效果自然会打折扣。二是只要是家长、老师认为的选择就是好的选择，这一理念本身就太绝对化，只有适合自己的才是最好的。所以，多注重以目标导向引导学生思考并行动，少用"你原来说得好好的，要每天减少玩儿游戏的时间，却没坚持下去，问题到底在哪儿？"之类的问话来揭伤疤，也许会带来不同的效果。

特征四，关注现在和未来而非过去。如你最理想的状况是什么？假如有三个方法可以让结果更好，是什么？你希望获得哪个方面的支持？第一步从哪里开始？

特征五，包含强有力的假设。如你想要什么？这个目标能为你带来什么？这件事对你重要的是什么？你想要着手去做得事情是什么？你最珍视的东西是什么？这些天你从哪儿得到了动力？如果四年后，你的家人、朋友会因为你而改变，那是因为你做了什么？假如辅导员经历会成为你生命中的一个里程碑，是因为你做了什么？

问问题应注意四个方面，只问你需要了解的信息；注意倾听，适当沉默；尊重、不评判；简洁、干净。

问问题的几个工具，包含奇迹式问题；假设问题；度量式问题；时间维度发问技巧；空间维度发问技巧。"假设一夜之间发生了奇迹，暂时的问题解决了，你的做法将有何不同？"属于奇迹式问题发问、也属于假设问题发问；"假设有三种以上的解决方案，那是什么？"属于假设问题发问；"想象一个1-10的度量范围，1表示完全不满意，10代表完全满意。你现在在什么位置？"属于度量式问题，或叫度量尺；"假定十年以后你已经取得了很大的成就，回首往事，你觉得在这个时刻是怎样做得呢？"属于时间维度的发问；"如果一位你最尊敬的人站在这里，你觉得他会给你什么样的建议？"属于空间维度的发问。

下面来谈两个例子，第一个例子是一个简短的职业规划指导案例。一次职业规划课课后，两名同学到办公室找我，仍是老生常谈的是否考研的问题。

学生：老师，我是古建保护专业的学生，想考研又不知道考研好还是就业好？

我：对于古建专业的学生，考研对你来说意味着什么？

学生：我觉得研究生毕业，应该比本科生学的更扎实，专业素养更高，因为本来古建专业的本科毕业生就不多。

我：如果考研，你会考本校还是外校？

学生：我会考同济大学，因为同济大学是国内开设古建专业最早的高校，虽然我校是第二所，但还是觉得同济比较厉害。

我：如果考研，你觉得什么时候开始准备比较适合？

学生：我觉得大一就得开始准备，因为考同济毕竟相对难一些，不好考。

我：目前你对本专业考研的信息了解有多少？

学生：还没了解，还只是停留在想想的层面。

我：刚才你说从大一开始准备，你希望从什么时候开始呢？

学生：老师，这周我们有大设计，这个设计作业上交以后，我就开始准备。

我：你打算怎么开始准备呢？

学生：首先，我要把全国古建专业研究生招生情况先了解一下，找班里有考研打算的学生一起网上搜资料，然后把收集的资料和大家共享。

我：边在本上快速的记，边问还有呢？还有呢？学生回应我的，是各类备战考研的方法。

短短的十五分钟，结束了以往半个多小时才能完成的个案咨询，且效果好于以往。因此，不同的提问方式，得到的是不同的回应，产生的是不同的效果。

第二个例子是四亲子教育：孩子上幼儿园时，寒暑假不上课，只是每个假期开始时，有一两周的混班上课，然后是假期。孩子中班暑假开始后，是两周的混班上课，在混班的一两周内，女儿总说害怕临时混班负责的老师，最开始我没多想，也没多说，因为觉得只有两周，很快也就过去了。两周过后，暑假来临，刚放暑假，我即接到了幼儿园老师打来的电话，说上大班前假期应做哪些准备、带班的三位老师都有谁、班主任是谁。听到班主任的名字后，我的心咯噔一下，心想坏了，正是女儿害怕的那位老师，稍稍平静下来，立刻做了决定，不告诉孩子、不告诉家人，一是以免孩子知道后整个假期都笼罩在惊恐之中，也许开学上幼儿园会逆反心理,二是怕大人也会跟着焦虑。一个假期过去了,开学前一天,我把大班班主任是谁告诉了家人,并告诉大家不跟孩子说。第一天放学回来,我故意问两个孩子,班主任是谁,他们情绪不是很好的告诉我们三位老师的名字,倒也没有很不能接受的样子。这时我问两个孩子:"如果让你们用 1—10 分来给喜欢班主任的程度打分,1 表示不喜欢,10 表示最喜欢,你们会打多少分?"妹妹说 5 分、哥哥说 7 分。我说非常棒,原来说不喜欢马老师,现在都能打 5 分、7 分了,说明你们现在觉得马老师还不错。并接着问:"如果 1 周后你们喜欢老师的程度增加了 1 分,是因为你们做了什么?"妹妹说:"我上课不迟到、课上积极回答问题、积极参加体育锻炼,老师就会喜欢我,老师喜欢我了,我就会更喜欢老师。"哥哥说:"我要吃饭不磨蹭、写字更认真。"我说非常棒,并用还有呢?还有呢?继续问,兄妹俩你一言我一语不停地说了很多的方法。就这样,兄妹俩上大班很快就适应了。两周后,我同样用度量尺再次问两个孩子,妹妹说 7 分、哥哥说 8 分,对马老师的接纳以及对大班的适应,俩孩子很快上了轨道。

当我们提出不同的问题时,答案一般就随之而来,或是能提前预知答案。所以说,问题决定答案,想要解决问题,让我们从改变提问模式开始,学着用不同的问话语境问别人、问自己。

2015 年 6 月 10 日

遇见孩子,遇见更好的自己
——"学前学后"学前班毕业典礼家长发言

尊敬的各位老师,各位家长:

大家上午好!

我是牛子非、牛子凡的爸爸。

今天能在这里发言,首先感谢非非、凡凡,以及所有的小朋友,他们就像天空中起舞的风筝,正因为他们,才让我们每一位家长的双手和身心,与推动孩子成长进步的朵朵白云般的老师们相连;也感谢所有的老师,你们正是用"一朵云推动另一朵云"的教育理念引导孩子们成长,你们又似春日里的暖风,让像风筝般的孩子们,在美丽的蓝天下翩翩起舞、享受阳光。

今天,我想以"遇见孩子,遇见更好的自己"为主题,和各位交流三方面的教育理念。

1. 教育孩子,先要成长自己

有人说:"之所以称为父母,不是要我们去书写孩子的人生,而是为了净化我们的心灵,让我们彻头彻尾地改变自己。只有明白这一点,我们才有机会进步、长大、成熟。"亦有人说:"当你的成长速度跟不上爱人时,婚姻就出现问题!当你的成长速度跟不上孩子时,教育就出现问题!当你的成长速度跟不上老板时,工作就出现问题!……解决任何问题的核心就是：学习、成长、改变！一生的修炼就是为了和对等的人相知相伴！"

我认为，以上两种观点，都是在说教育孩子，首先要成长自己。我们不免经常发牢骚，觉得孩子睡觉习惯不好、吃饭习惯不好，或是不爱学习、爱发脾气等等，并迫切想改变孩子不好的一面，进而养成好的一面。然而，我们无法改变一个人，包括孩子，我们能做的只是影响孩子。孩子是父母的镜子，无论是孩子的好习惯、还是坏习惯，都能在父母身上找到影子。所以我认为，改变孩子一是要养成自己的好习惯，如学习、健身、饮食等等。二是要多读书，提升说话艺术、丰富育人理念。三要修炼自己的好性格、好心态。身教胜于言教，唯此我们方能成长自己，影响孩子。孩子以父母为骄傲，成功的几率会更大。然而调查显示，以父母为骄傲的孩子在中国只占3成，在欧洲占7成。这一点，值得我们每一位家长反思。

2.教育孩子，不能盲目攀比

我们很多家长，都希望自己的孩子长大后像某人一样考上什么大学、像某人那样成为一名成功人士。或者今天看到邻居给孩子报这个兴趣班就报这个，明天得知朋友给孩子报那个兴趣班就报那个，总是被"不能让孩子输在起跑线上"这一理念牵着鼻子走，不停地攀比。作为父母，我们给孩子的应该是爱，而不是思想，他们自会有自己的思想。爱他就让他自由，给他爱而不是思想。而思想的给予，就是要学会引导孩子，让孩子自己培养兴趣，比如孩子哪里做得好，马上让他知道，直到养成习惯。我们往往披着爱的外衣，给予孩子并不想要的东西。有段时间，与我们家孩子一起学钢琴的一位小朋友，每次学琴，都是从头至尾一直哭。第一次是家中老人带着去,孩子哭着说不学，老人说："你妈妈让学的，我也管不了，你必须得学。"第二次是妈妈带着，不停地说学琴都是为你好，为什么不学，硬是揪着孩子从楼道进了琴室。如此的爱，每次看到都让人揪心。如果问大家，你希望自己的孩子将来能拥有什么样的生活，肯定很多家长会说"开心、幸福、成功"等等，而目前所做的，孩子觉得幸福吗？何谓成功？大家认为的成功是孩子们认为的吗？这些问题，恐怕都是值得大家思考的，也包括我自己。

所以我认为，我们培养孩子不是为了让其成为谁，而是让他成为更好的自己。培养孩子独立的人格，培养其自己喜欢的兴趣，让他给自己的成功、幸福下定义，并引导其通过自身的努力探索得以实现。

3. 教育孩子，注意问对问题

有人说，每天只问孩子四句话，就能改变孩子的一生。这四个问题一是学校有什么好事发生？二是今天你有什么好的表现？三是今天有哪些好的收获？四是有什么需要我帮助吗？这几句问话其实既能让我们了解孩子的关注点、价值观，又能让孩子聚焦所学所获、聚焦正向能量，并能提升其自信，给予其动力。

而在引导孩子时，孩子行为不够理想时应少问为什么，多问什么。比如你今天为什么不想吃饭、你今天为什么不想学琴、你今天为什么不想写作业等等。问"为什么"会让孩子找借口、找原因，这和我们大人是一样的，如果领导问我们为什么迟到了、为什么工作没按时完成，我们肯定给自己找借口，这是人的天性。而问"什么"，则能让孩子关注其想要的，而非关注问题。比如可以问孩子你希望成为一个什么样的人、希望自己养成什么样的好习惯、希望别人怎样评价你等等，这样既能促进孩子思考，又能推动孩子行动。而孩子表现好的地方，可以问"为什么"，比如你今天为什么受到老师表扬了、最近你为什么作业完成的如此快等等，这样既可以让孩子有成就感，又能巩固他们的好习惯。

  以上三点，仅是我的一点点个人体会，旨在和大家分享交流，在教育孩子方面取长补短，共同进步。最后，请允许我代表所有家长，向辛勤培育我们孩子的老师们表示感谢，这段经历很美好，值得回味、值得记忆。

  谢谢大家。

2015 年 6 月 27 日

教育的终极目标是走向自己

谈及教育，不同的教育专家有不同的理解，不同行业的人士也都能对教育说出一大堆不同的见解，作为一名教育工作者，我也想谈谈我的几点认识。

孔子曾讲："三人行，必有吾师。""见贤思齐焉，见不贤而内自省也。"曾子说："吾日三省吾身。"荀子说："君子博学而日叁省乎己，则知明而行无过矣。"马斯洛曾谈道："自知看来是自我改善的主要途径，尽管它不是唯一的途径。"苏联教育学家瓦·阿·苏霍姆林斯基说过："我深信，只有能够激发学生去进行自我教育的教育，才是真正的教育。"现今，多数的学校，都将"以人为本"、"因材施教"等作为人才培养的理念和目标。

说到教育，我们首先会想到，我教你学，或你教我学，当然我们古代也提倡"教学相长"。而我认为，教育的终极目标是我们每个人自身的自我教育、自我完善、自我成长和自我修为，即走向自己。

教育首先应授之以鱼，我们自身如果没有知识，拿什么授予别人。现实情况中，当今还有很多人拿老课本、旧知识的理论体系向我们的受教育对象灌输。虽说一些基础理论、经典内容是不变的、永恒的，但我们对其理解应是可变的、发展的。其次教育应授之以渔，但如果我们没有很好的归纳方法，如何教别人方法。教学活动中的"渔"，即教育的"法",一些推理方法也许不变,但不同时期、不同受教个体的接受之法、理解之法定有不同,处理好这一问题的前提,就是要充分、及时地了解受教育对象的个性特点,而后有针对性地调整我们的方法。

韩愈说:"师者,所以传道授业解惑也。"我认为,没有哪一个行业对从业者的要求,像教师这样高,因为我们面对的是人,人是最复杂的群体。但从另一方面讲,教育人也是最简单的事情,只要时刻保持自我教育,注重换位思考,言传身教,就能抓住教育人的本质。谈及"授业",我非常欣赏大前研一对"专业主义"的解读,其大意是说"专业"中的"专"是我们从事的领域或专长,"专"是前提、是方向,"业"是成果、是核心,无论我们从事哪一种行业,处于哪一个位置,倘若只"专"无"业",只能被人誉为空架子。而现实生活中,又有多少人,只拿一个授课PPT就到处讲学布道。或是只停留在某一专业水准上一成不变,以专家的身份自居评奖审项目。不立新功而只是吃老本的人,在现实生活中大有人在。因为我们每个人时刻都在教育别人,也时刻都在接受别人的教育。我想教育最重要的目标,即是我们每个人都获得成长,也都需要成长,正所谓"教学相长"。真正的教育者,需要时刻保有学习的精神、进取的状态,以及时刻注重自我完善和提升。真正的大师,应时刻拥有"专"的精神和"业"的新功。在教学的过程中,我始终认为,最大的受益者定是我们自己,一堂课、一次谈话、一场讲座之后,倘是自己没有被打动、没有收获和提升,定不会给别人带来太多的受教。

曾有人谈道,最重要也最有效的教育方法只四个字,即"言传身教"。对此,我深有感悟,现实生活中,我们自身倘不能幸福,还有什么理由向别人高谈阔论什么是幸福;

如果我们总是牢骚满腹，如何向学生传递正能量；如果我们对待社会的眼光总是诸事不顺，如何让学生正三观并爱国。

教育孩子的根本，不只是让孩子按照家长的愿望成长，孩子自有孩子的思想，最重要的，不是教孩子学习怎么听话，而是我们自己应学习如何做家长、如何教育孩子，教育孩子成长的过程，实际是自己成长的过程。教育学生的关键，也应是让学生如何学会自我教育，这其中包括专业知识和非专业知识。如果只是一味的知识灌输，谈不上真正的教育。始终处于给予状态，自身没有提升的教育，不是真正的教育。我一直庆幸的是，作为老师，最可贵的地方是能时刻被同行、被学生感染，随时能向同行、向学生学习，在这一环境中更能促使自身经常地思考教育的内涵，进而促使自己成长进步。如果我们自身不能很好地成长，那么我们在教育孩子或是教育学生方面，或许已经出了问题，或者将来可能出现问题。生活中，我们不能改变任何人，只能改变自己，这是我们解决所有问题的关键所在。

我始终认为，教育孩子和教育学生，在理念上与自我教育是相通的，那就是如何提升自己、完善自己。教育的目的是为了让人们学习知识、有一技之长、成为某一方面的专家、学会幸福、欣赏美等等，这是我们每个人都能谈及到的对教育的理解，继续罗列将还会有很多。而我认为，让每个人都加强对自我教育的认识，并提高自我教育的能力，应是教育的关键。走向自己，应是教育的终极目标。

2015 年 10 月 18 日

创新时代,教育怎么办?

2015年12月19日,"中国教育三十人论坛"第二届年会在北京盛大举行。盛会云集了众多知名教育家、学者、教育实践者和一直关心教育的著名企业掌门人,共同探讨教育创新的路径,为中国未来教育改革提供智力和思想支持。年会的主题是"创新时代,教育怎么办?",拜读了多位教育大家教育观点的同时,激起了我对这一主题的思考。

教育改革、教育创新是大家一直都较为关注的教育问题,卓越人才计划、校外人才培养基地建设计划、创新创业教育、慕课建设与推广等计划和手段的实施,应该说是近年来教育发展的指挥棒与航向标。而谈及教育改革和教育创新,好像很多时候只要开展了一些轰轰烈烈的项目计划,就算是目标完成了、向前推动了,而实际雷声大、雨点小,这类情况还很多。当然,倒不是说一些改革项目不好,关键是实际推行的效果并不理想。我们的一些教育改革项目,往往是深入的不够,新的经验没建立起来,老的传统也给丢掉了。

以"大众创业,万众创新"这一时代主题为例,多数政府部门和学校建立了创新创业学院,制定了创新创业制度,举办了创新创业论坛,出版了创新创业书刊等等,这些活动应该说还是取得了一定成绩和实效。但我认为,创新创业最重要的是培养学生的创新思维和独立思考的习惯。

第二届"中国教育三十人论坛"中,我比较欣赏以下几位老师所讲的观点。一是上海交通大学凯原法学院院长、教授季卫东先生（论坛成员）所谈："创新，用现代中国最伟大的教育家蔡元培先生的话来表述，就是思想自由，兼容并包。如果我们只允许有一种声音，一个模式，创新就无从谈起。在这个意义上来说，在创新时代，首先必须解放思想，必须允许人们探索和失败，必须推动体制机制的改革，必须用法治的方式保障每个人的基本权利。"二是中国社会科学院哲学研究所研究员周国平先生所谈："一切教育本质上都是自我教育，一切学习本质上都是自学。历来只会考试的人，走出学校的人，不一定有真本事，相反那些有大成就的人，在学校里面往往不是学霸，但一定是善于自学的人。"三是成都市武侯实验中学原校长李镇西先生所谈："教育的目的是什么？应当使儿童成为什么样的人？自由的人，渴望知晓美好事物与伟大事物的人，心地善良的人，充满爱心的人，独立思考的人。法国前总统萨克奇认为教育培育对真善美、伟大与深刻事物的欣赏，对假恶丑、渺小与平庸事物的厌恶。在这个前提下，所有创新对人才有意义。"

我认为，教育的终极目的是一个人不断的成长和完善，以及提升感知美和享受幸福的能力。而这一切，都需要我们每个人自发地学习，主动地学习。教育问题，向来不应该只是政府、学校、教育家和教师应关注的问题，需要我们每个人去关注、去体验、去感悟，因为教育和我们每个人都息息相关。比如孩子的生活习惯、学习习惯等，与大人的习惯和家庭的环境息息相关。大人不读书、不换位思考，很难培养出爱读书、会换位思考的孩子。同样，学校教育中老师对学生的影响和教育效果亦然，老师的读书习惯、思考习惯、创新意识，对学生的影响也是潜移默化的，这就是我们常说的

"桃李不言，下自成蹊"。"三人行，必有吾师"，人类是群居动物，受人类的社会性所限，我们工作也好、生活也罢，都有着一定的圈子，彼此都会受到好的和不好的影响，即我们每个人每时每刻无形中都在教育别人，也都在接受别人的教育。所不同的是，不同的人因影响力、感召力不同，在教育别人上影响力的大小有别。也在于不同人因自主性、自立性不同，不忘初心或随波逐流的情况各异。

谈及"创新时代，教育怎么办？"这一主题，不得不令人思考我们的文化。无可否认，中华文化博大精深。但好的文化，一定是适合全人类的，只适用于某个国家、某一民族的文化不能算是好文化。而多数文化，都有其正反两面。以批判性思维的理念来看我们的中国文化，其实用性既有利又有弊。利是能很快地解决具体问题，使我们的经济建设和物质生活得到空前发展，弊是为我们国人带来了急功近利的一面，使得我们的文化生活和精神生活严重滞后。尤其当代，我们受快餐文化、包装文化的影响，已经慢不下来了，而创新的想法以及对生活的享受，非慢下来静心思考而不能得之。

创新时代教育的发展，需要的是培养受教育者养成自主学习和快乐学习的习惯。周国平老师曾说，学校教育的两个主要任务，一个是培养学生自主学习的习惯，另一个是培养学生快乐学习的习惯。我认为，这两点应是伴随我们一生的事情。创新时代，我们依然应遵循这种教育的根本，如果只徒有外在的形式，而内在的自主性和享受性不能激发，教育效果就很难实现。针对当前的教育，我认为，不是我们的创新不够，而是对教育基本规律的把握和传承不够，创新的形式太多致使对受教育者的基本需求和根本特质了解不够。一个人的学习习惯需要自己在学习中去培养，一个人的读书经验需要自己去总结,一个人对生活的感知需要自己去体会。我们需要做的,是去促进被教育者的思考、激发被教育者的动力,并为受教者创造条件,营造成长环境。这其中的关键,是培养受教者良好的学习习惯、执着的进取精神,以及自我的掌控能力、规划能力、生活能力和把握幸福的能力等等。

创新时代教育的发展,需要培养受教育者享受"心生活"的能力。谈道享受生活,我们往往会认为某人的生活品位如何、生活环境如何,用钱穆先生的观点来分析,大家多是享受"身生活"。钱穆先生将人生分为"身""心"两部分,由此提出"身生活"与"心生活"。回味我们生活中所谓的好与不好,更多的则是与"心生活"有关,如果"心"不受伤,"身"就不会受伤,"薪"也就是物质生活也就无所谓。在我们的传统观念里,总被教育如何为人,也即为人之学,而如何通过"养心"的为心之学让我们更加地享受生活、享受自我则少矣。养心的前提是"知心",即了解自己,我们所遇到的很多困惑,就是面对众多的选择,不知道自己到底要什么,不知道如何取舍。前几日,同事找我聊天,说很困惑,不知道今后到底如何发展。我认为,无论是自己选择还是被选择,无论是顺境还是逆境,无论是好环境还是坏环境,倘能为自己带来更多的体验、更多的经历、更好地成长的选择就是好的选择。因为我们的人生面对整个人类长河而言,实在是微乎其微,渺小地很,哪怕是轰轰烈烈的英雄人物,也跳不出这一自然规律。所以,在喧嚣的快餐时代,培养在独处中与自己对话的习惯,更多的关注"心生活",这才算是真正地享受生活。

创新时代教育的发展,需要培养受教育者发现美并欣赏美的能力。如果说"心生活"更多的是向内看的话,发现美、并欣赏美更多的则是向外看，或者说内外兼修，二者兼而有之。生活中不是没有美，而是缺少发现美的眼睛，更缺少欣赏美的心情。读几页闲书、拍几张照片、写一段文字或是和三五好友来一场大汗淋漓的体育运动，或登高望远，或小坐闲谈等等，这都是生活中无尽的美好。倘是我们的生活一直风平浪静，不经历坎坷曲折，定是单调且索然无味。而我们经验的积累、能力的锻炼、情感的丰富都来自于对不同生活体验后的感悟。有人说，人生本没有意义，而是我们每个人为其赋予了不同的意义而已。学会发现并欣赏生活中的美、享受生活中的美，是我们一辈子都需要掌握的一门生活哲学，需要我们在体验和实践中锻炼提升。发现美、欣赏美是一种海纳百川的境界、是能为别人鼓掌加油的品格，是人们素质和能力的一种体现。

　　创新时代教育的发展，重点是需要培养被教育者的独立思考能力。评价当今时代从众心理突出这一特点，主要是我们非常缺乏独立思考能力，没有自己的价值判断，才造成了很多情况下的人云亦云。无论我们怎么看世界，世界都不是我们看到的那个样子，我们每个人看到的只是其一部分而已，永远不是全部，不然这个世界就不会存在这么多的未知。"鞋子合不合适只有脚知道"，独立思考能力的培养，就是我们要学会做自己的主人。书本的知识可以学习、别人的意见可以参考，而真正的选择最终仍需自己决定，真正的得失只有自己才能体会。在喧嚣的时代，给自己留出一段独处时光，养成静心思考的习惯，和自己的灵魂对对话，让自己的心得到应有的重视和满足，是培养我们独立思考能力的重要手段。只有在这种情况下，我们才能跳出"本我"，在"超我"的状态下审视"本我"，很多的疑惑就会释然。在我们遇到所谓的不公的时候，或是遇到想不开的问题、解不开的难题时,试着换位思考也是解决之道。所以,不关注这些人性的基本需求、基本问题和基本规律,只谈教育创新,则是舍本逐末。

　　一个人可以通过教育走向成功,但成功不一定是优秀。优秀,多数情况下是自己和自己比,而成功多是自己和别人比。倡导每个人都活出自我、勇敢地做自己、追求个性化发展,真正做到因材施教,以人为本,无论是在创新时代还是其他时代,这都是教育的核心。其实,多数事业和目标的实现,没有什么捷径可言,最快的捷径就是把握住事物最基本的成长和发展规律,打好最牢固的基础,教育尤其如此。

2015 年 12 月 20 日

教育的目的

英国数学家、逻辑学家、哲学家和教育理论家怀特海在《教育的目的》一书中说:"我们的目标是,要塑造既有广泛的文化修养又在某个特殊方面有专业知识的人才,他们的专业知识可以给他们进步、腾飞的基础,而他们所具有的广泛的文化,使他们有哲学般深邃,又有艺术般高雅。"雅思贝尔斯曾说:"教育就是一棵树摇动一棵树,一朵云推动一朵云,一个灵魂唤醒另一个灵魂。"周国平老师曾说:"人生问题和教育问题是相通的,做人与教人在根本上是一致的,人生中最值得追求的东西,也就是教育上最应该让学生得到的东西。"对于教育的概念以及对教育的理解,可谓"仁者见仁,智者见智"。教育的目的,应是能更好地完成自我成长,无论对教育者还是被教育者,均是如此。

美国教育家杜威曾说:"教育即生长。"而生长的内容,既包括智力因素,也包括非智力因素。智力因素通常是指记忆力、观察力、思维能力、注意力、想象力等,即认知能力的总和。它是人们在对事物的认识中表现出的心理性,是认识活动的操作系统。非智力因素是指智力因素以外的一切心理因素,它对人的认识过程起直接制约的作用。用怀特海的话概括,即专业知识和广泛的文化,亦或称为专业素质和综合素质。

教育,是为了更好的自我学习。自我学习,是教育的基础，也是目的。"闻道有先后，术业有专攻。"作为教育者，我们只能是在某一方面，或是某些方面先知先觉。尤其是信息时代，在有些方面学生也许比老师知晓的更广博更深邃，老师比学生多的只是阅历而已。所以，一味地以师长的角色自居，往往很难得到学生的认可。学无止境，学习本身没有尽头，而教育别人这件事本身，就是能促进师者不断地学习和成长。因此教育别人的目的，就是更好的完善自我。作为老师，我想这就是教育的魅力。如果一个老师没有读书的习惯和存疑的习惯，却让学生好好读书、用心思考，再好的教育语言也难免显得苍白无力。记得有一次听某位院士的报告，讲了几十页就戛然而止，明显让人觉得没有结尾。后来才知这位院士授课的 PPT 文档共有几百页，也许这位院士随便从中抽出一部分加上一个标题，就是一场报告。这种情况真实与否不得而知，好坏也不做评判。也有个别教授专家，常是新壶装旧酒，一谈就是若干年前的成果和研究经历。教育要以人为本，要个性化指导，这是众人皆知的道理，但事实往往是，连被教育对象的共性，恐怕也只是凭个人感性总结概括而已,更谈不上对个性的研究和关注。我们恰恰应向《用 90 后思维管理 90 后》作者韩庆峰老师学习，先把目前的受教育主体 90 后研究透了，这样的教育才会有针对性，教育效果才会明显。以人为本也好，以学生为中心也罢，有时容易把重点放在被教育主体上，教育主体本身的素质能力容易忽视，而提高自我，恰是教育别人的前提和基础。

教育，是为了更好地提升能力。师生互动，是教育的媒介，也是关键。讨论式、体验式教育的效果，比填鸭式教育自然要好，然而如何能够增强教学环节的师生互动，首先需要教师的引领，因为课堂内外的育人环节，老师的主动性毕竟稍强一些。因此对于课堂教学的引领把握，我们既要懂得知识结构的转承启合，也要通过语音语调甚至肢体语言来让学生的注意力聚焦，提高教育质量。对于课堂外育人环节的开展，则更应通过对提问艺术、沟通艺术、情绪安抚等技巧的把握，提高育人效果。作为学生，课堂上则应积极配合、主动参与老师的授课环节，以此激发老师授课的积极性、成就感，老师讲授出来的内容自然就丰富多彩。课堂外，受教育者则更应多思考自己的目标和未来，自己的兴趣和习惯，而不仅仅是跟着老师走、跟着同学走、跟着感觉走。良好的师生互动，既是提高受教育者学习质量的媒介，也是提高教育者能力的手段。

教育，是为了让我们更加快乐。自主学习，快乐学习，是我们应培养的一种能力，且是一生当中应一直努力提高的一种能力。这种能力，是学校教育最重要的目的，但反而容易被老师、家长和学生自己忽视。教育者和被教育者都以为作业多、题海战术就是好的，也许对取得高分有帮助，但不见得有助于培养持久的学习力。昔日的高考状元今日如何平庸的报道常常见诸报端，用人单位录用毕业生时不予录用成绩排前五名的情况也偶尔有之，虽然这种情况有些让人质疑，但却是存在的一种现象。因此，只关注分数的教育并不是好的教育。我们多次强调快乐学习，然而作为老师和家长，是否能做到也很值得令人思考。

教育，是为了让我们更好地生活。卢梭在《爱弥儿》中崇尚的自然教育，既包含要尊重人的成长规律来开展教育，也指出要让受教育者接近自然、走进自然，并提出要做自然的施教者。怀特海说："学校里教授的知识都是二手货，甚至是三手货。一切学问都是从生活中来的，是从对自然和社会的观察中归纳出来的。"但我们往往为了长远更好地生活，而忘记了当下。"好好读书，认真学习，才能考上好的中学；

好好学习才能考上好大学，到了大学就能松口气；大学多学习、多读书、多实践将来才能有份好工作；只有努力工作、加倍工作，才能有好位子、好房子、好妻子或好丈夫。"这是不同成长阶段家长和老师给予的不同期望，但享受生活的能力却很少被触及，这是一个值得思考的问题。

  教育，是为了让我们保持好奇心并存疑。学，然后知不足。拥有好奇心，至少说明我们对生活有激情、有满足好奇的欲望，只有这样才能存疑、才能释疑。科学研究也好，创新创业也好，都是好奇心的引领，我们才有探究和尝试的欲望。而好奇心的培养，前提就是要引导受教育者提出问题并解决问题，而不是告诉他们要做好哪几件事情今后才能考高分、才能归纳出什么结论。凡事都有两面性，在某些人看来只有一味地遵循老师和家长要求的孩子才是好孩子，但有时对老师、对家长叛逆的孩子，离开学校教育步入工作岗位后，其适应社会的能力和创新意识会更强。所以，对于经常提问的孩子，我们要时刻保护其提问的积极性，保持存疑的习惯是大有益处的。

  教育，还要着眼长远。在浮躁的社会环境下，短平快也成了部分教育主管部门和学校的主要策略和目的。比如有的专业，只是为了让学生在一些竞赛中拿奖，就不惜一切代价调整授课内容及课时安排，以获奖多少论英雄，而一些基础性、规律性的内容则教育不够。或是在"大众创业，万众创新"引领下，只是一味地创新，而丢掉了传统。如世界读书日来了，就组织一些读书活动。如何真正培养受教育者的良好品格，营造书香校园等一些不能立竿见影的教育活动，则不被人重视，或者重视不够。

  总之，教育的目的就是为了更好地完成自我成长。

2016 年 4 月 30 日

生活即教育

美国教育家杜威曾提出:"教育即生活"的教育理论,我以为应该包括三层意思:第一,教育的内容就是生活的外延,脱离生活的教育不是真教育。第二,教育离不开生活,不拘泥于课堂,不拘泥于书本,因此要设置教育情境,让学生在体验中学习。第三,教师应在教育中享受生活,将教育作为一种生活方式。

我国教育家陶行知则提出"生活即教育"。并指出:"到处是生活,即到处是教育;整个的社会是生活的场所,亦即教育之场所。""在社会的伟大学校里,人人可以做我们的先生,人人可以做我们的同学,人人可以做我们的学生。随手抓来都是活书,都是学问,都是本领。"

不论是杜威的理论,还是陶行知的观点,其相通之处就是教育和生活二者密不可分,息息相关。不同之处前者的主语是教育,很容易限定人们的思维,容易引导人们只关注学校教育。后者的主语是生活,范围较之教育要广,能包罗我们的整个环境、整个社会、整个人生,易于引导我们养成终身学习的习惯。与"教育即生活"对应的是"学校即社会",范围显然小一些。而与"生活即教育"对应的是"社会即学校",这更能促使我们在社会这一所大学校里去学习、去感知。

生活即教育,能更好地促使我们向生活学习。我们学习的目的，是为了改变我们的环境、改造我们的社会，最终改善我们的生活。学习的目的是为了使用知识。向生活学习，就应走进生活，在生活中感受和体验。因此也就有了体验式教育，也就有了田园教育、乡土教育。向生活学习，即学习生活的经验，而学习生活之经验，我们则应培养观察生活的能力，正所谓处处留心皆学问。

生活即教育，能更好地引导我们向所有人学习。人是社会人、是群居动物，离不开生活，也离不开和周边的人共事共生活。我们每个人都习惯当先生，而不习惯当学生，凡事总希望能以"我"自居，"我"怎样独领风骚引领别人，而很少心甘情愿地向别人学习。向别人学习，就需要我们有股甘当小学生的虚心精神，低调做人。只有我们虚心了、低调了，别人才愿意真心实意地教我们，如果总盛气凌人、骄傲自满，我们则学不到真知，从而不能提高能力，以至于不能了解生活真知，不能真正调查研究，做出来的决策也定不能客观，做事效果可想而知。

生活即教育，能更好地促使我们培养终身学习的习惯。在一些人看来，教育只是学校教育、课堂教学，离开了学校、离开了课堂，就算学习时代终结了。殊不知，离开传统意义上的学校，走出社会，才真正地迈向了社会大学，也才算是刚刚开始真刀真枪地检验学校教育即我们自身学习的效果如何。我们之前所学书本知识和学校教育能解决所有问题吗？显然不能，怎么办，只能继续学习，以解决生活之难题，以及解决生活中面临的新问题。

生活即教育，还能促使我们关注细微，于细微处见精神、得功夫。"生活即教育，社会即学校"告诉我们，社会生活无时无刻不存在教育，生活教育无时无刻不包围我们左右。因此，我们要在所有的生活环节中受教育、得锻炼。只是学习成绩好，而不会生活，是我们教育最大的失败。好比中国建筑，不去观察我们的生活习惯、不去感受我们的风土人情、不去了解我们的文化底蕴，纵使表达能力再强，也设计不出符合时宜的建筑作品，更设计不出独具中国文化的特色建筑。

生活即教育，还有助于我们培养健全的人格。所有的一切都是学习，只有深刻体会这一点，才不会让我们死读书、读死书，我们在教育孩子时才不至于只劳心而不劳力。陶行知先生曾指出，中国的教育只有两条路线可以走得通：教劳心者劳力——教读书的人做工；教劳力者劳心——教做工的人读书。因此，作为还处于学校教育期的学生，应多实践、多劳动、多接触生活，只有这样，我们才能培养健全的人格和真正的生活本领。

总之，生活即教育，我们每时每刻都在接受教育，两者密不可分，是同一件事情，是一体两翼。也正如陶行知先生所说："我们个人受了周围的影响，常常有变化，或是变好，或是变坏。教育的作用，是使天天改造，天天进步，天天往好的路上走。"我们的人生离不开生活、离不开教育，自然也就离不开学习，既然如此就应以小学生之心态，向社会学习、向生活学习，自觉接受生活的教育，以更好地享受生活。

2016 年 6 月 12 日

向教育竞自由

毛泽东在《沁园春·长沙》中写道："鹰击长空，鱼翔浅底，万类霜天竞自由。"表面是写万事万物都在自由自在地生长发展着，实际则表达了毛主席对自由的向往与追求。党的十八大提出了"倡导富强、民主、文明、和谐，倡导自由、平等、公正、法治，倡导爱国、敬业、诚信、友善，积极培育社会主义核心价值观。"单从表面来看，十二个词语中，"民主、自由、平等"都与"自由"有关，再细思考，"文明、和谐、公正、法治、友善"与"自由"也不无联系，可见"自由"之重要。

作为承担人才培养职责的学校，大到校园治理、学术研究，小到与人处事、举手投足，都是自由氛围最浓郁的地方，而我们向社会输送的是否是自由的人、是否是健全人格的人、是否是脱离了低级趣味的人，都与学校教育不无关系。我们所培养的青年学生是怎样的，我们未来的社会、未来的国家就会是怎样的，在自由的氛围中学习自由、在民主的氛围中学习民主。我们未来的社会是否是自由、民主、公正、法治、友善、和谐的社会，取决于我们的学校教育是否到位，取决于我们所在的学校是否有这般土壤。所以我认为，自由之社会需要自由之教育，自由之教育孕育自由之社会，若望未来之社会自由，需向今日之教育竞自由。而向教育要自由，须做到以下几点：

1. 倡导全民教育

全民教育,在陶行知先生来看,是指"不论宗教、种族、财富及所属阶级有何不同,男孩与女孩机会均等,男子与女子机会均等,成人与儿童机会均等"。我认为,从目前的情况来看,应提倡"领导与老师机会均等,老师与学生机会均等,父母与孩子机会均等"。陶行知先生亦曾提出"生活即教育,社会即学校"的教育观,在这一观点下,我们大家都是学生、都是老师,我们每个人每时每刻既接受别人的教育、又不知不觉中在教育别人,因为人是互相影响的,也受社会文化、地理位置、人文环境等诸多因素的影响。因此,在学校里,我们应提倡每个老师都是学生、每个学生也都是老师,充分营造自由之环境,促使教学相长,并让老师在做中教、让学生在做中学,最好是设置情境和舞台,让学生当老师,让先进生带后进生,实践证明这是非常有益的。

陶行知将我们今天的"大学之道"改为"在明大德,在亲大众,在止于大众之幸福"。并指出:"要亲大众,必须实行文化下凡四部曲:一、钻进老百姓的队伍中去,与老百姓站在一条战线上,同甘苦、共患难;二、熟悉老百姓,要说出老百姓心中要说的话;三、教老百姓;四、与老百姓共同创造。"在我看来,全民教育就是大家互相受教育,"身教"远胜于"言教"。作为管理者,不仅要制定计划,更要稳步践行;不仅要征求意见,更要解决问题;不仅要用制度管人,更要带头执行。

2. 倡导全面教育

全面教育，就是我们的每一个学生、每一名老师都能够得到很好的教育、很好的发展，而不是某一群体得到重视，而另一群体受到忽视。人民大众永远是社会创造的主人和推动社会发展的最重要力量，高楼大厦如果地基不稳，则金字塔之塔尖不会存在。因此，无论我们的师生还是教育内容，重基础而不忘本，永远是我们人才得以培养、事业得以发展的基础和关键。

全面教育，对于个人来说，既是要德、智、体、美、劳全面发展，更是全面看待自己的身份地位和岗位担当，有"舍得"精神，做到在其位谋其事，每个人对自身岗位做到专一而精深，则一个部门、一个单位就能全面发展。

全面教育最不应该有的思想，就是只看到光环而忽视大众，只追求速度而忽视规律，只追名逐利而不屑无闻。

3. 倡导民主教育

民主与自由密不可分，离开了民主自由就是空谈，没有了自由，也就没了民主而成为专制。民主教育是教人做主人，做自己的主人，做国家的主人，做世界的主人。但作为教书先生，我们很多的老师却不能做主人，尤其不能做自己的主人。在我们现今的教育背景下，不乏有人缺思想、缺想法、缺主见，或是人云亦云，亦或是颂圣文化，文人和师者缺乏思想，是很可怕的事情，也是很可悲的事情。民主与创造也是分不开的，有了民主、有了自由，灵感才会被激发，也才会有真正意义上的创造与创新。

倡导民主之教育，应先有民主之校长。陶行知说："民主的校长，有四种任务：(1)培养在职的教师，师是从各处来的，校长应负有责任使教师进步；(2)通过教员使学生进步，并且有丰富的进步；(3)在学校中提拔为老百姓服务的人；(4)应当将校门打开，运用社会的力量，使学校进步，动员学校的力量，帮助社会进步。"这里面的关键，我认为是教师进步的问题和学生进步的问题。而这里面老师的进步和学生的进步，应是全体的进步，应是师生全面的进步，而不只是某部分师生的进步和某些方面的进步。

倡导民主之教育，还应有民主之教师。陶行知说："民主的教师，必须具有：(1)虚心；(2)宽容；(3)与学生共甘苦；(4)跟民众学习；(5)跟小孩子学习；(6)肃清形式、教条、先生架子，师生的严格界限。"我们的教师，真正做到以上六点的少之又少，做到六点中的两三点者也屈指可数。单从"与学生共甘苦"来讲，曾经有一段时间，我和孩子一起练字颇有感悟，作为家长，难免经常训斥孩子不专心、写字姿势不对等等，而只有真正练起字来，才体会得到其实挺直腰板、一笔一画地练上二三十分钟的钢笔字，也是一件体力活，是一件非常辛苦的事情。和孩子一起练字的过程，这种效果比只教育孩子而自己不动笔要好得多，至少孩子可以和家长比赛，看每天是否坚持、每个字谁写得好同时增强了孩子练字的兴趣。

倡导民主之教育，贵在有民主之环境。以我国为例，民主集中制是我们的传家宝，对于集中，大家都能理解、也都会支持，但怕就怕大家的民主得不到保障，一言堂、"只许州官放火，不许百姓点灯"、出尔反尔或者"我"是规则的制定者也是规则的打破者，等等。民主不是喊出来的，而是做出来的，是在行动中体现出来的。有次座谈会上，一名教授直言："我们目前教育的怪现象是收租子的人多了，而种地的人少了。"这不得不令人深思。民主之环境,在陶行知看来,要做到六大解放:"解放眼睛、解放双手、解放头脑、解放嘴、解放空间、解放时间。"还大家以自由民主之环境,得到的是事业的发展和师生的成长。

总之,在民主生活中学习民主、在自由生活中享受自由,从学校教育即让学生感受自由民主之氛围,对国家层面实现自由民主之社会不无裨益。"我自由大家都自由、我进步大家都进步、我幸福大家都幸福",这种普世价值是大家希望每个人都能够实现并感受得到的。

2016 年 6 月 14 日

从儿子学游泳谈起

儿子读小学一年级的暑假,在旁人的推荐下,给儿子报了游泳辅导班,而令我和爱人下定决心的,是孩子自己的选择。孩子的同班同学多数人已经学会了游泳,怕再开学同学都会了而自己不会,是他告诉我们想学游泳的原因之一。无论是什么因素促使孩子想学游泳,学会一技之长毕竟是好事,既然是对孩子有益的事情,我们就坚决支持。

游泳馆环境不错,是一个用玻璃隔离出来的单独区域,共四条 30 米泳道,水温保持在 30 度。我本人不会游泳,一小时的游泳课,通过玻璃观看孩子学习游泳的过程,促使了我对游泳的思考。

兴趣是最好的老师。无论孩子起初是什么原因想学游泳,每次上课回来,他总是很开心,尤其是在最初的几天里,从上午就念叨什么时候去上游泳课。看着他对晚上游泳课的期盼,我总觉得,给儿子报游泳辅导班,是一个不错的选择,至少孩子很开心。在掌握了一项新的要领后,孩子开心的样子一看便知。从其第一次靠手握浮力板、身背浮力板自己游到泳道尽头不知道如何掉头的紧张,到其掌握这一要领后表情的放松,那种开心的样子是不言而喻的,更是乐此不疲、不停歇地游来游去。我们内心希望的事情,没有做不好的道理,对孩子来说更是这样。

认真是进步的关键。我们选的是一对三的教练,一个小时的游泳课，有时是教练给三个孩子一起讲要领，更多的时候是对一个孩子手把手地指导，另两个孩子自己单独练习。和儿子一起学游泳的另外两人，一个是以前学过游泳的大姐姐，已经会游泳，进一步学习训练；另一个是与儿子同龄的小男孩。每次在教练教另两个孩子的时候，儿子自己练习，几乎没有停下来的时间，尤其是在学会扔掉手中的浮力板，只在身背浮力板的情况下，更是不停地游来游去。第二次游泳课，儿子就学会了依靠浮力板的情况下用脚蹬水，在30米的泳道游上三四个来回。而另一个小男孩，在教练教别人的时候，他多数情况下是练一会儿就玩一会儿，锻炼的时间少，自然进步的就慢。看到儿子认真的样子，我总是隔着玻璃鼓励他，给他以赞赏。在不停歇练习的过程中，有时还真怕儿子体力不支，远离教练会有危险，但每次下课，问他游泳是不是很累，他总说不累。看着孩子训练时的认真劲儿，我每次总被深深地感动着，今后自己如遇到什么挫折，想想孩子学习游泳的精神，定会给我带来坚持的动力。

　　凡事方法很重要。做什么事情都有规律可言，掌握了正确的方法，加上一定的训练，便能掌握事情的要领。辅导班共12次课，第一次主要是练习憋气，练习的过程中，教练双手托着孩子的腋下，和孩子一同站起蹲下。如果只是口头教而不和孩子一起做动作，孩子的学习效果定会有折扣。第一次课没上完，孩子就轻松学会了如何憋气换气。这充分说明了身教胜于言教的道理。在儿子第一次扔掉手握的浮力板，仅靠身背浮力板自己游的情况下，从最开始的七八米，到十几米、二十几米，要领掌握的非常快。从在教练的鼓励下自20多米处游到泳道尽头，到教练让儿子和一同学习游泳的姐姐在20多米处比赛，并先于姐姐游到尽头，这些总能给儿子带来自信和动力。每次教练领着儿子从泳池出来都告诉我，很少有孩子学习这么快，也很少有孩子这么刻苦的练习。这种肯定，也是给了儿子莫大的鼓励，这种肯定方式，也促使了儿子希望下次课早点儿到来。

另一个非常大的收获，是通过学习游泳，儿子学会了自己洗澡，除了前两次课，每次课后的淋浴，都由自己完成，这是我之前未曾想到的。生活中的很多事情往往会是这样，倘是没有功利心地去做一件事情，也许会得到多种收获。

这次游泳课的间隙，带了本朋友送的新书《怎样讲好一个故事》，书中的前几页讲道："当记忆被抹去，当你除了故事就再无任何可以去记忆、可以被记住的东西的时候，因为要有永恒，所以有了故事。"记下这篇随笔，也是这本书给了我动力。这也算是记录一下孩子成长的故事吧，无论记录的好坏，但他是一笔记忆。只是，除了记忆，这一故事还与学习有关、与教育有关。

2016 年 7 月 23 日

品味大学

我一直认为目前我们所处的是一个吸引与被吸引的时代 吸引别人是一种能力 被别人吸引也是一种能力 我们经常谈人脉 而促使人脉螺旋式上升的关键应是多关注自己 多成长自己 多提升自己 向内看 而非向外看 自身素质能力提升了 自然就有了人脉 也才会被别人关注 被别人吸引 只有先向内挖掘潜力而后才能向外发现可能

拾碎

　　我一直认为，目前我们所处的是一个吸引与被吸引的时代，吸引别人是一种能力，被别人吸引也是一种能力。我们经常谈人脉，而促使人脉螺旋式上升的关键，应是多关注自己、多成长自己、多提升自己，向内看而非向外看，自身素质能力提升了，自然就有了人脉，也才会被别人关注、被别人吸引。只有先向内挖掘潜力，而后才能向外发现可能。

倘大学重来，我会坚持些什么

大学毕业，已十年有余，但因留校工作，却也未曾离开学校半步，加之经常与学生打交道，自然对学校有了情感。冬去春来，挡不住逝去的青春；夏离秋至，又迎来活力的新生。此刻，在我的大学这般回味中，寄语刚刚谋面的你——大学新生。畅想倘能时光倒流，重读大学，我会思考些什么，又将学习些什么、坚持些什么。

1. 坚持早起

我刚刚读完一本《习惯的力量》，对习惯的解读、培养等谈得非常透彻，很是受益。无论是用平衡轮让一个人制定自己的年度计划、月计划，抑或是新精英生涯古典老师带领众多人开展的100天改变自己的训练营，都是让人养成一种好习惯，思考的习惯、行动的习惯等等，而习惯的力量，确实很大。很多的习惯，无论是好是坏，我认为最重要的影响期及培育期，当属大学期间的三五年。

早起，是我在大学期间养成的习惯，直至今日，依然在坚持，或者目前不应说是坚持，而是一种自然的生物钟和习惯。一个人，要找到自己的灵感活跃期或精神活跃期，有人是早上、有人是晚上，不尽相同。在精神活跃时，干点儿自己喜欢的事情，或是思考，或是读书，或是动笔写东西，会觉得是一种享受，哪怕是加班写材料，也不觉得累。而早起的干扰最少、精力最容易集中。多年来，我工作、生活中的很多思考，都是在 8 点前跳跃出来，没有 8 点前的光景，也许好多的点子和创新都不会出现。正如这篇文字，也是在早起的刹那间构思敲键盘的结果。

曾有人问我，你是怎么坚持早起的，如何能养成早起的习惯？我的回复是，你早起是为了什么？想要得到什么？有什么目标？思考完这些，再去坚持早起。

2. 坚持读书

应该说，我大学期间最遗憾的事情，是除了课程学习之外，没怎么阅读，也许现在一两个月的读书量，就是我大学读书的全部。这两年，我才慢慢地开始阅读，并有了一点点体会。

关于读书，仁者见仁、智者见智。有人说读书不在多而在精，有人则建议博览群书。我认为，适合自己的，才是最好的。因为我们会越来越发现并懂得，无论做什么，只是一味地从众是找不到自己的。自己和自己比，倘通过阅读提升品位、涤荡心灵足矣，再能享受生活，更是一件美好的事情。如果有心人成立个什么读书会，和志同道合之人共同享受阅读的乐趣，将一种美好的享受，也能在将来给自己带来美好的回忆。因为养成阅读的习惯，会影响一个人的一生，这体现在方方面面。诚然，读书与思考是分不开的。

记得有次面试辅导员，对"你平时喜欢读哪些书？最近读的哪本书印象深刻"这一问题，我问了每位应聘者，可惜的是没有一个人的答案令我们评委满意。此时如果某位求职者，能够呼应我的问题，并能对某本书侃侃而谈，也许只此一答，便定终身。读书的重要性有时就这么简单，书读多了，书中的内容和理念会不自觉地融入我们的生活。当然，倒不是说读书是为了应聘，这样想就未免太肤浅了。而上面面试的问题，既是在考察被面试者是否有阅读习惯，更是在考察一个人的关注点，及其思考力、逻辑力及表达能力等等。

书是要读，且是不带任何功利性地读。

3. 坚持锻炼

不经磨难，难知生命的可贵。有如不经非典，羽毛球运动的大众化不会来得如此之快。随着年龄的增长，我越来越觉得健康身体之重要。现今，也有越来越多的人通过各种方式在锻炼身体，诸如跑步、打球、健身房健身等等。

体育锻炼，既是在锻炼身体，也是在铸造我们的品格。好比学建筑设计的人练字、拓图训练等，其实是在训练人的耐性、笔头等基本功。只有通过健身，才能享受其中的乐趣，肌肉拉伸后酸酸的享受、健身中的思考、挑战自我成功后的喜悦等等。最近几个月，坚持练俯卧撑，让我又多了圈子，与同是健身的朋友聊如何锻炼、如何增肌、如何饮食等等，美不胜言。如果村上春树没有坚持跑步的习惯，我想其作品《当我谈跑步时，我谈些什么》也不会问世。

倘能在体育锻炼上有一技之长，则也终身受益，有时也会为我们带来意想不到的甜头。记得几年前，北京市建筑设计研究院1A1工作室招聘，其人力资源部门负责人打电话问我，能否为他们推荐一名足球踢得好且专业学习不错的男生。开出这样的条件，是因为这一单位组建了一支足球队，单位领导也比较重视体育锻炼，定期组织大家一起踢球打比赛。

　　以上三件事，大学期间有的是我坚持了，有的则没做。如时光倒流至大学开启，我定会都坚持的，因为倘若大学重来，再毕业后的若干年回味，如是会让我觉得大学的青葱岁月更值得回味。

2015 年 8 月 25 日寄语大学新生

大学新生,你想进入什么样的圈子?

几年前,我曾经邀请新精英生涯著名职业规划专家李春雨老师,为刚入校的研究生新生开展职业生涯专题讲座。近两小时的讲座时间,春雨老师紧紧围绕三句话侃侃而谈,即"你想进入什么样的圈子?如何进入?怎样让圈子里最权威的人认识你?"讲座结束后,我曾多次在不同场合与学生们分享这三句话,简单的三个发问,却带给了我们很多的思考。

我一直认为,目前我们所处的是一个吸引与被吸引的时代,吸引别人是一种能力,被别人吸引也是一种能力。我们每个人都会有不同的朋友、不同的圈子、处于不同的组织,也会经常与不同的人打交道,或是经常与同一圈子的人打交道,如果你是一个组织或团队的领导,你会选什么样的人跟着你干?反过来你又愿意跟着什么样的领导工作、想加入哪一个组织一起做事?这时候我们会不自觉地考虑想入伙的人在能力、兴趣、价值观、品德修养、干实事等方面的能力素质怎样。同时我们也时刻在被别人考虑我们的素质能力,倘有工作机会或平台,是否会被拉一把入伙?真有人想拉我们入伙做事情,我们是否想加入?再举例来谈,现在是多圈子时代,随着信息技术的发展,除我们传统的朋友圈、同学圈、知己圈等以外,我们又有了QQ群、微信朋友圈等网络社交平台。只微信圈一项,恐怕大都有几个甚至十几个或几十个不同的微信朋友圈。为什么我们会在 A 圈而没有在 B 圈，或是在某一圈里经常潜水，而在另一个圈里侃侃而谈，我想是因为我们的关注点不同、价值观不同、兴趣点不同、能力素质不同等多种因素在左右着我们，进而左右了我们的手指，在哪个微信圈里跟帖、吐槽或转发哪些内容。

《我在哈佛学到的人脉课》一书，用螺旋式上升模型，详细解读了何谓人脉、如何建立人脉以及如何扩充人脉。而促使人脉螺旋式上升的关键，就是多关注自己、多成长自己、多提升自己，向内看而非向外看。自身素质能力提升了，自然就有了人脉，也才会被别人关注、被别人吸引。只有先向内挖掘潜能，而后才能向外发现可能。

我所在的高校，"大一新生校友访谈"活动已开展多年，即让大一新生寒假组队访谈刚毕业一两年或是三五年的校友，通过访谈亲身体验当今的用人市场及毕业后的工作环境，并与校友建立联系，聆听校友对在校生大学学习生活的建议。一些学生，刚入校就想见某位大师，甚至畅想早些认识某些大师，殊不知，你还没有与大师对话的素质能力，路要慢慢地走，生活要慢慢地体验。当我们的能力不能支撑我们的梦想的时候，就需要加倍努力学习。很多研二、研三的学生也未必能与大师级人物很好地对话，这足可以看出，我们需要向内花的工夫、提升的能力还有多少差距。

近日，在微信拜读了一篇文章，题目是《清华大学新任副校长施一公说：中国大学的导向出了大问题》。内容深刻又富有哲理。文中的一个观点是"研究型大学从来不以就业为导向，从来不该在大学里谈就业。就业只是一个出口，大学办好了自然会'就业'，怎么能以'就业'为目的来办大学。就业是一个经济问题，中国经济达到一定程度就会提供多少就业,跟大学没有直接关系。大学,尤其是研究型大学,就是培养人才的地方,是培养国家栋梁和国家领袖的地方。让学生进去后就想就业,会造成什么结果呢?就是大家拼命往挣钱多的领域去钻。"读完这段话,倘若你是学生,你会怎么理解?我想学校如果不再关注就业,作为学生,则更应思考今后自己想进入什么样的圈子,更应主动、积极地思考自己今后的路要走向何方、如何走、如何到达一个又一个的人生驿站。

不只是大学新生,其实我们每个人都应思考"我想进入什么样的圈子",包括我自己。生活中,我们往往只看到有人在某一时刻取得了"从 0 到 1"的垂直性进步,突然进入一个新领域或牛人圈,而往往看不到其背后"从 1 到 n"的坚持。蒋勋先生曾讲:"我们从小就应有艰难取得东西的经验,艰难是一种教育,没有艰难感就没有珍惜。"此话内涵深刻。

总的来说,生活中的很多事情都遵循螺旋式上升规律,我们想要进入的圈子和人脉具有同理性。

2015 年 8 月 28 日寄语大学新生

喊话大学新生：
考研这条路，和自己约吗？

考研，是多数学生和老师都会谈及的话题，也是每年新入学的大学生，进入大学后关注最多的话题之一。在开课多年的一、二年级的职业规划课上，我曾多次让学生写出面临的困惑，或是最关心的问题，"如何考取理想研究生？""考研好还是不考研好？""毕业后直接就业还是考研？"这类话题基本都是高居榜首。

对于本科生，对考研大多有以下几种情况：

一是考研意向非常执着，一入学即目标明确，并着手为三四年后的考试做准备。

二是考不考研无所谓，等等看吧，有了想法再做准备，或是考的人多了我就考。

三是对考不考研时刻保持犹豫状态，到底考还是不考，从入学一直纠结到大学毕业。

对第一类学生又有多种情况，有的学生考研目标明确到考哪所学校、今后研究什么方向、从事什么样的工作、毕业后拥有什么样的人生等等。而有的同学只是一味地认为考研好，至于说三年后考哪儿再说，先准备着。前者令人由衷的钦佩，对自己的人生有如此般的侠骨丹心，应是我们教育的希望、民族的希望、国家的希望。而后者，在漫长的考研准备中，明晰未来想要的方向，也未尝不是一件好事。

对第二类学生,我们只能说,这是我们民族劣根性即从众心理这一现象的淋漓体现。现实生活中,我们有很多人太关注别人的表现、别人的选择,以及别人的认可,生怕和别人不一样,更怕得到别人异样的眼光。倘是这样,个性何在、创新何来?而大学的可贵,在于尝试、在于拼搏、在于挑战,如不被自己折磨一把,何谈将来有滋有味地回望这段青葱岁月?

而对于第三类学生,则是自己跟自己过不去,遇事总是患得患失。有人说,后悔是最大的负能量,这话不无道理,因为我们的时间终归是有限的,经常活在后悔、牢骚或是抱怨中,岂不可惜。曾经在微信上看到一则短文说:"请关闭你的等死模式:一位同事第一次考研,每天大概用4小时,学了3个月,考前一周突击了一下,就差3分;现在每天都在想第二年是否再考,从1月份至6月份一直在想,上班下班都想,烦死了。"并说:"花时间来郁闷,是等待成本;花时间来尝试,是穿越成本。穿越成本:$(4h \times 3 \times 30)+(20h \times 7)=500h$,等待成本:$(5h \times 6 \times 30)=900h$,等待成本几乎是穿越成本的1.8倍。"这一例子,对正在犹豫是否考研,或是在犹豫做选择的朋友,应该会带来一些触动的。

此刻,回味我的考研时光,记忆最深的当属玉米肠,因为备考那段时间的晚上加餐,都是牛奶就着玉米肠。曾经有段时间,想起玉米肠就有种想吐的感觉,因为凡事过犹不及,但现在,我对玉米肠的喜好不但又恢复如常,同时对其又多了份情感,因为它让我忘不掉那段坚持奋斗的最美好时光。

对于是否考研,建议各位思考以下几个问题,或是在考研之路坚持不下去时回味以下问题:

一、研究生与本科生未来的发展有什么不同?

二、考研或是不考研哪种选择更利于支持，或是能让我们更快地实现自己想要的生活？

三、考研打算考哪儿？已经进行了哪些准备？

四、为了考研打算付出什么样的努力？

五、如何能够持之以恒地坚持？

一同事曾说"用一年的时间，做一件令自己一生感动的事情"这句话，我甚是喜欢，也愿莘莘学子，能够用大学四年或五年的光景，带来令自己感动的一生。

2015年8月29日寄语大学新生

研究生应培养的三个基本素质

1. 有梦想

当我们问及三五岁的孩子长大后想干什么,孩子们多回答想当警察、相当解放军、想当医生、想当老师等等诸如此类,这就是所谓的童年梦想。随着年龄的增长,我们再谈及自己的梦想时,好像很容易被大家嗤之以鼻,以至于我们慢慢地没有了梦想,或是将梦想深深地埋藏在了心底。应该说,对于经过几个月甚至更长时间的奋战,再次步入新的学习阶段的硕士研究生来说,大多还是有明确的目标和梦想的。年初的硕士研究生复试,一位外地考生在做自我介绍时说:"'不忘初心,方得始终。'我的好多同学、老师都觉得报考北建大的建筑学专业对我来说不太可能,身边的好几位同学后来都放弃了。但我的梦想就是到北京学习、到北建大学建筑,为此画了百余张的设计练习……"而有的学生则只是回答"我叫×××,来自×××学校,报考了今年的研究生"。前者的回答让所有参加面试的老师眼前一亮,而对后者,则让大家大跌眼镜。当然,现在不是谈研究生复试如何准备,而是想问已开启新生活的硕士研究生新生,此刻的梦想是什么?三年的学习梦想,或是毕业后三年、五年、十年,乃至更长时间的梦想又是什么?

有梦想,也可理解为有精神支持或寄托。英国著名的心理学家哈德飞在研究"力量心理学"的过程中,曾邀请三人做测试,在三种不同的情况下,通过握力计测试三人的握力,来观察三人生理受心理的影响。在清醒的状态下,三人平均握力是101磅;第二次试验,将他们催眠,并告知他们非常虚弱,结果他们的平均握力只有29磅;第三次试验,在催眠后告知他们非常健壮,平均握力则达到了142磅。这一事例说明精神支持的重要性。"欣赏什么,你就会成为什么。"从心理学的角度来看,通常我们相信自己能行,多半能成功,相信自己不行,则大多最后不成功。

2. 能坚持

有了梦想,只能算是第一步,而最重要的是践行、实践,经过自己的努力和打拼去实现梦想。如果只想不做,只能算做"梦"或是"想",而不是"梦想"。管理学科创始人彼得·德鲁克曾说:"我们的问题不是缺乏'创意',所缺乏的只是创意的执行。"这句话很好地诠释了执行、践行的重要性。

现实生活中,我们在追梦之路上不乏会遇到这样那样的困难,不乏会得到旁人异样的眼光。有些人的劣根性是希望追梦的人不成功、梦想终成梦。梦想没实现的人会找理由说条件不具备、埋怨环境不好,实则被打倒的是我们自己,因为只有自己才最了解自己。"1万小时法则"告诉我们,无论我们在哪一方面,只要花费的时间达到了1万小时,大都能成为这方面的专家。我们多数的能力都不是天生的,多由后天培养所得。我们经常会说,某人有音乐天赋、是钢琴天才,殊不知,这些人从小至今在这方面花费的时间和投入的精力有多少。当然,凡事需讲究方式方法,万物有道,其中的道理和客观规律还是应该遵循的。倘是南辕北辙的坚持,只能离目标越来越远。

成功者往往不是实力最强者，而是坚持到最后者。坚持，就是找到正确的事，并持续做。而如何坚持做自己，新精英生涯（北京）教育科技有限公司一年一度的"'做自己'论坛"，每次都能带给我们一些启发。

我们如果在某几方面都能有所坚持，定会终身受益，比如读书、比如健身、比如弹琴跳舞等等。前几年，有位女硕士研究生，在进京指标不太好解决的情况下，轻而易举地拿到了央企中粮地产的 offer，主要归因于这位学生对舞蹈这一爱好的长期坚持，而中粮地产恰恰非常重视年度文艺汇演，故而对文艺特长生特别青睐。这位毕业生工作后也同样比没有特长的员工多了更多展示的机会，发展空间自然也就大了些。

所以，选择几件有意义的事情坚持做，有时我们会得到意想不到的收获。

3. 敢担当

担当，意味着负责任、意味着付出、意味着奉献。而从担当的内容或是客体来看，我们应担当的事情，又分自己事、团队事或组织事、国家事。

对自己事敢担当，想必会有人说，这还用提，谁不对自己负责，谁又对自己事不担当。细想则不然，现实生活中，我们有多少人曾经或正在埋怨自己出身不好、朋友对己不忠、社会对己不公等等。这种思想，实则是将自己理应承担之事、自己理应调整之心态归因于外界和他人。有人说："这个世界上，没有人应该对你好。对你不好，理所应当。对你好，应加倍偿还。"原武汉大学李晓红校长曾寄语新生"十要十不要"，其中有三条都谈道了我们应对自己负责，即"要拼自己，不要拼爹；要独立思考，不要迷信'大V'；要保持阳光心态，不要对自己失去信心。"对自己事敢担当，即对自己目标明确、对自己的定位精准、对自己的责任清晰。

对团队事或组织事敢担当，则主要在于奉献、在于助人、在于合作等等。绝大多数情况下，我们不是因为有了能力才敢担当，而是因为敢于担当才有了能力。做的事情多了，承担的任务重了，平台自然会越来越宽，能力也随之越来越强。有时候，压力是好事情。著名主持人白燕升老师在微信朋友圈中曾写道："喷泉，之所以漂亮，是因为它有了压力；瀑布，之所以壮观，是因为它没有了退路；水，之所以能穿石，是因为它有了目标。"不论我们在何种团队和组织，请一定记住，功不唐捐。我们老祖宗留下来的"种瓜得瓜，种豆得豆"这种稻田文化，永远值得我们用心思考，应用并传播下去。

对国家事敢担当，意在我们应拥有更大的格局和胸怀。尤其我们的研究，离不开国家的大政方针和社会环境，以及社会需求。一切的真科学，说到底还是应为"人"服务，尤其为我们所处的这个时代服务。而课题研究，更应以需求为导向，并在学习方针政策的基础上，调研社会现状，以期解决社会现存的实际问题，用所学知识，检视自己、回馈社会。"知识是学出来的、能力是练出来的、格局是修出来的。"我们要通过努力学习掌握新知，通过知识的运用提升能力，在为我们所在的组织和国家奉献的过程中修炼格局。

人民日报的微博曾说："压力不是有人比你努力，而是比你牛几倍的人依然在努力。"奔跑吧同学们，前方的路很辉煌，让我们在享受追逐梦想的过程中快乐成长。

2015年8月30日寄语研究生新生

与窦志对谈职业规划

近日,北京建筑大学为建筑学院大一新生举办了一场"漫谈设计师的职业发展"专题讲座,邀请建筑学专业90级校友窦志到场讲课,我忙里偷闲到场聆听。

窦志,现任远洋地产设计研究院执行院长,教授级高级建筑师,国家一级注册建筑师。知道窦志,是十年前到建筑学院工作,学院举办校友作品展,征集校友作品时我知道了他是北京T3航站楼的主要设计者。后来因工作关系,我经常请时任北京建筑设计研究院团委书记的窦志,回母校与学生分享建筑师的成长历程,以及聆听他对建筑教育的诠释和理解。2015年,由他和同班的几位同学发起,90级全体建筑学专业同学响应,在建筑学院设立"建90奖学金",并参与三年级设计课评图。用他和校友们的话来讲,设立奖学金旨在回馈母校,并通过参与课程评图,及时将设计行业的最新进展带给母校的学弟学妹,让他们更好地成长。这种校友与母校的互动,为学校的人才培养带来的是莫大的财富,对此我一直心存敬畏。一来二去,我与窦志成了熟知的朋友,与他的接触越多,越觉得他是一位有思想、有责任、懂教育且有学者范儿的建筑师。

窦志学长在专题讲座上用朴实的语言、真切的感悟,和学生们畅谈建筑行业、职业和专业的过去、现在和未来,并告诫学生"吾日三省吾身",越早把这三个问题想清楚,越有助于自己成功。

聆听完窦志的专题分享，禁不住激起了我对职业规划的些许思考。

窦志向在校生建议常问自己的三个问题："我的兴趣点在哪里？我的能力如何？我的发展空间想要有多大？"其实，这不只适合建筑师的职业发展，对我们每个人都很有借鉴意义。职业规划的八字方针是"知己、知彼、决策、行动"，这既是职业规划的核心，也是我们每个人或团队应经常思考的问题。"知己知彼，百战不殆"这句话，大家都很熟悉，但其后两句，熟悉的人会相对少些。《孙子·谋攻篇》中说："知彼知己，百战不殆；不知彼而知己，一胜一负；不知彼，不知己，每战必殆。"对于这段话，我的理解是我们要人职匹配，要"到什么山上唱什么歌"，要"在岗言岗"。知道"知己知彼，百战不殆"这句话很容易，也不难理解，但难的是如何做到，正所谓知易行难。要知己，就要探索自己的兴趣、性格、技能、价值观四要素，而这四要素，在某种程度上又是相互关联的。

我的兴趣点在哪里？我们在很多问题上，很少会静下心来认真地探索自己。这是一个最好的时代、也是一个最坏的时代。一方面互联网、社会化高度发展的今天，在便利我们工作生活的同时，又为我们带来了快餐文化。所谓的快餐文化，就是难以静下心来享受孤独，与自己很好地相处，都希望走的快些，慢不下来。用钱穆先生的话来讲，即："居今之世，亟当提倡两种学问，一曰'人学'，一曰'心学'。人学学'为人'，'心学'学'养心'。为人之学，重在'与人为人'。养心之学，重在'因心养心'。"所谓的兴趣，就是我们在做一件事情的时候，在外人看来也许非常辛苦，甚至不可思议，但我们自己却乐在其中。兴趣，其实是可以挖掘并培养的,大学期间,倘能养成一两个自己真心喜欢并能长期坚持的兴趣,定会受益终身。兴趣也无所谓好坏,贵在挖掘、培养和坚持。而在知己解己的过程中,性格与兴趣有着相似之处,性格也无所谓好坏,一个团队既需要有创意、有灵感的创新者,又需要冷静理智者让大家多思考、少走弯路。内向型与外向型、感觉型与直觉型、思考型与情感型等各类人等,都能在一定的位置发挥特有的作用。

我的能力如何?古语曰:"千里马常有,而伯乐不常有。"不得不说,实际生活中,我们经常被一些古语牵引着。也许这句话,会使很多人觉得自己是千里马,但生不逢时,始终遇不到自己的伯乐,由此急于向外寻找机遇,而不关注自身的能力提升。当今社会,表面上高学历的毕业生一抓一大把,但真正能让用人单位看上的则少之又少,造成了一方面人才过剩,一方面选拔人才很难。因此我认为,现在是"伯乐常有,而千里马不常有"的时代,当我们的能力不能够支撑梦想的时候,就是应该学习的时候。用窦志的话讲:"当你没兴趣,没能力的时候,就应该老老实实听老师的,好好学习。"我们的岗位和职位,不可能一辈子不变动,而岗位与职位的不同,对我们能力的要求也不同。能力的提高,符合螺旋式上升法则,我们在不同的岗位,都需要学习新的知识,提高职位所必备的能力,只有不断学习、不断提升能力,才能真正实现人职匹配,能力的提高,始终是螺旋式上升,没有终点。

发展空间想要有多大?这其实是一个愿景问题,也即我们的梦想。有人说,没有梦想的人,都是在为有梦想的人实现梦想而活着。这话听起来有些残酷,但这是客观实际。我们都希望成功,但往往忘掉要先做到优秀,即每一项任务是否准备到了极致、每一项工作是否做到了极致。"我真正想要什么？我怎样才能得到自己想要的？我所做的是否有利于得到自己想要的？为得到自己想要的，我愿意付出什么努力和代价？如何能够持之以恒？"我经常用这一"成功五问"在课堂上与学生们分享，这其实是在告诫我们，要经常静下心来与自己对话，慢下来是为了走得更快。这五问既有梦想的问题，也有对目标实现的路径探索，亦说明了坚持的重要。总之，自己的发展空间，只能靠自己去探索。因此在多数情况下，我们应多向内看，先提升自身的能力素质，再追逐远方的梦想，而不是仅仅做白日梦，梦想的实现靠的是用自己的双脚和双手去探索与实践。

"问题决定答案"，提出问题、想明白问题，是解决问题的前提和基础，也是关键。职业规划如此，我们的人生亦是如此。

2016 年 3 月 24 日

有感读书

坚持读书对一些人来说是减压释压的一种方式是对不良情绪的一种调节能让人对荣誉名利成功幸福教育人生等话题进行深入思考能让我们遇事不慌乱思考更理性文笔更流畅内心更踏实人生更淡定读书是汲取知识获取能量的一种方式是心路历程成长的最佳途径想改变自己成长为更好的自己那就读书吧

拾碎

　　坚持读书，对一些人来说是减压释压的一种方式，是对不良情绪的一种调节。能让人对荣誉、名利、成功、幸福、教育、人生等话题进行深入思考，能让我们遇事不慌乱、思考更理性、文笔更流畅、内心更踏实、人生更淡定。读书，是汲取知识、获取能量的一种方式，是心路历程成长的最佳途径。想改变自己，成长为更好的自己，那就读书吧。

有感"专业主义"

近日,有关国家科技进步奖的获奖信息几乎被微信朋友圈刷屏近三分之一的内容。有近10所高校的朋友都在宣传自己学校所取得的国家科技进步奖成绩。早起思来不禁让我再次想起刚刚读过的《专业主义》一书(大前研一著),遂记录下对"专业主义"的感想感悟。

一感"专家"与"专业"

专家是以专业为前提,而专业是以业为前提,不是以专为前提,什么是业?我们常说"成家立业",在这里"业"指的是某种成就或结果。比如,做事是为了立"业",所以叫事业。事在前,业在后,做事如果无业(没有结果),就等于白做。同样,行业也是行在前,业在后,但如果某一行不出结果,即无"业",这个行业就不再存在。

第一次看到对"专家"与"专业"如此精确的解释,促进了我对"专家"和"专业"的思考,因为现实生活中,我们对专家有的只是羡慕和恭维。当然,我想一般的专家都是很"专"的,有特定的研究领域和方向。也是有"业"的,专家之所以被称为专家,定是其在称为专家之前拥有一定的学术地位和专业水平。但基于上面的解释,我的理解是,你在目前的位置，是否仍能称为专家；或是在今后的"专家"之路上，是否依然能有新"业"。如果只是躺在原来的功劳簿上，在新的环境下没有新的"业"，则是在吃老本，而未立新功。

什么叫"专家"或者"专业"，我认为应是别人不能干的事情你能干，别人没有的眼光、能力、水平你有，别人不能抓住的机遇你能抓住，别人不能坚持而你能坚持。或是别人能干的事情你能干得更好，别人有的眼光、能力、水平你能更高。我们现实生活中，不乏有专家不被人看作"专家"，也不乏有领导不被人看作"领导"，其中的原因，或多或少是因为没有时刻以"专"来要求自己，没有时刻以"业"来检视自己。我认为我们更应以被冠为"专业主义"为荣。若被贴上"专业主义"的标签，其标明的是一个过程，一个追逐"业"的过程，且能产出"业"的过程。就像我们平时向学生讲的职业规划，是一个过程，没有终点，有的只是每个阶段的循环往复。

二感"顾客至上"

专家要控制自己的情感，并靠理性而行动。他们不仅具备较强的专业知识和技能以及较强的理念，而且无一例外地以顾客为第一位，具有无穷的好奇心和永无止境的进取心，严格遵守纪律。以上条件全部具备的人才，我才把他们称为专家。对于从事各种专业技术的人，区分出哪些人是专业的，哪些人是徒有虚名的，这才是"顾客至上"。

拿上面这段话做比喻，如果学校是企业，对于老师来说学生则是顾客，对领导来说下属则是顾客，怎样才能"顾客至上"？我认为就是学生听完你的课还想听、跟着你工作的下属今后还想跟着你干、和你搭班子做团队的同事今后还想继续维持这种关系……做到了这些，我认为就是"顾客至上"，就是"专业"的，就是符合"专业主义"的。

三感"好奇心"

好奇心不足的人，也就是怠慢自己智慧的人，他们几乎无一例外地都属于自我防卫型，对变化采取抵制的态度。他们对新事物缺乏兴趣，更谈不上富有挑战精神了。对于全新的或自己不了解的东西，他们平时没有形成主动吸收的习惯，到了关键时刻，便如心理学所说的，或是抵制，或是逃避。

对于"好奇心"我认为就是想不想玩儿，想不想打破常规，想不想尝试学习、接收新事物，想不想尝试在新领域搞点儿研究……

"能力 = 潜能 - 干扰"，关注现在和未来而非过去，关注正向积极因素而非问题，如此一个人的潜能开发了，干扰排除了，能力自然就提升了。但实际上，我们还是有人在工作、生活中墨守成规，对新的习惯、新的变革要么抵制、要么逃避，被动接受而不是主动回应，如果一件事情你必须要做，是被动做还是主动做？是带着情绪做还是关注积极因素享受做？人人都希望一个积极正向的团队和环境，而我们自己日常表现出来的是叹息还是阳光？我们给别人的是"负能"还是"赋能"？如果我们对自己所做的事情和每天的生活都能保有"好奇心"，带着对结果的好奇、对正在经历的今天的好奇和即将到来的明天的好奇，我认为这就是"专业主义"，也正走向"专家"之路。

四感"变化"

只有具备享受变化与失败的素质，或者说是从容镇定的心情、好奇心和气魄，才能成为"打破规则者"，才可能带来变化。打破规则也是创造规则的条件。因为只有破坏了一些东西，才能有所创造。惧怕变化的心理，也就是惧怕失败的心理。与其说是一种软弱，倒不如说是不成熟。

对比分析相关数据因子的变化，是开展研究常用的手段，也许大家都希望研究或是实验前后的结果有变化，就是不同。如果你做一件事情，研究对象没有变化，那完了，可能还得继续找别的方法做实验，即使是不好的变化，也能支撑你写总结，至少说明所选取的方法不合适。由此可知，有"变化"还是需要的。然而，人是最难改变的，而改变别人更是难上加难。我想起前段时间看微信公众号文章中的一段话，大意是"今天你不改变自己，明天就被别人改变"。天底下最难的事情，就是改变别人。"一个人不可能被别人改变，也不可能改变任何一个人，我们能做的只有自己改变自己，进而影响、感召别人探寻想要得到的改变"。

五感"先见能力"

要想成为竞争领域的霸主，不仅要能够抓住机会，还要有能力以最快的速度和最佳方法让机会变为现实，也就是说要在所预见到的未来蓝图的基础之上构思新的事业并付诸行动。在任何组织中，都有或毛遂自荐或别人推荐的"点子大王"。其中不少点子的确非常独特，让人感到很富于先见性，但这些"点子大王"出过主意之后往往不再负责任。如果点子未被采用，他们会摇身一变，成为评论家，充满先见性的点子也便无法实现。只有不断向前迈进，先构思，然后决策，最后实行，点子才能获得生命力。

"先见能力"，我认为就是别人想不到的事你能想到、别人看不到的机会你先看到、别人抓不住的机遇你能抓住。"先见能力"来自于我们的思考，"慢下来，可以让你走得更快"，在工作生活高节奏、高强度的今天，我们需要花一点点时间和自己的内心对话，花几分钟思考"我理想的工作和生活是什么状态？""我能做哪些研究，或是我的哪些研究能更进一步？""我理想的同事关系、家庭关系和亲子关系是何状态"等等。静下来思考，也许我们能够"遇见未知的自己"，也才能有"先见"。然而，只有"先见"是远远不够的，灵光一现的情景大家也许都有所经历。灵光一现后，我们是去尝试，还是只看到困难和不可能，而成为过眼云烟？人们往往把困难放大，把可能缩小，而真正能将"先见意识"变为"先见能力"，首先需要的是我们要相信可能，相信未来。只有在实践中去验证"先见"，"能力"才能体现，并得到最后的"业"，"先见能力"才能合在一起并被别人认同。

让我们在行动中理解和感悟"专业主义"。

2015 年 1 月 10 日

有感"卓有成效的管理者"

一感"贡献"

重视贡献,才能使管理者的注意力不为其本身的专长所限,不为其本身的技术所限、不为其本身所属的部门所限,才能看到整体的绩效,同时也才能使他更加重视外部世界。重视贡献,还可将管理者的先天弱点——过分依赖他人,以及属于组织之内——转变为力量,进而创造出一个坚强的工作团队来。重视贡献,就是重视有效性。

对于"助人助己"四字的理解,仁者见仁、智者见智,但无论怎样非亲身实践而不能体会。我很感谢"杏坛教练团"成立以来,大家对这一微信平台发布内容的贡献和支持,一群志同道合的友人彼此激励、时常交流,每个人都为营造这种积极向上的团队文化努力着、奉献着。这在某种意义上是一种助人行为,但收获最大的恰恰是助人者,这和我们工作团队、组织的建设是一致的,即在团队建设中,谁的贡献最大,谁的收获就最大,成长最快。因为希望别人积极首先自己要积极,希望感染别人首先自己要有资本,希望被关注首先自己要足够优秀、希望团队走得更远自己要先付出,团队建设都这样,团队中的每一名成员都有这种思维这才算是一个好团队、好员工、好领导。现实生活中，我们都希望身边环境是好的、人心是好的、团队是好的。但细想，若能让别人对你好、能让你的团队优秀，是因为你做了什么？如果想收获成功，就应把愿景放在团队发展上、放在自己能为团队所做的贡献上，如是我们会不自觉的获益和成长。

"贡献"的另一个效能，是能够让我们从要求别人、关注别人转而聚焦到自己的所想、所愿、所做并启发我们自己去思考和行动。我们都希望自己提升能力、快速成长，而贡献是我们自我赋能、挖掘潜力的一种方式。人们常说，群众的眼睛是雪亮的。作为领导，我们是否在贡献，为群众办实事、为团队发展做构思和行动、为团队成员带来正能量，这些都是大家看得见的贡献。"你只管默默付出，其他的上帝自会为你考虑。"既然如此，我们就应付出、去贡献，其他的事情让别人去考虑，不论结果如何，能自我成长是最大的知足。实际上，我们在做事情的过程中，如果自我成长了，还有什么别的结果和评价需要期待呢？

二感"要事优先"

卓有成效如果有什么秘诀的话，那就算善于集中精力。所谓今天，乃是昨天所做决策和所采取行动的结果。严格来说，我们的问题不是缺乏"创意"，所缺乏的只是创意的执行。以下是几条可帮助确定优先次序的重要原则，每条都与勇气密切相关：重将来而不重过去；重视机会，不能只看到困难；选择自己的方向，而不盲从；目标要高，要有新意，不能只求安全和方便。

我们每个人心中在个人、家庭、事业、社会等方面都有诸多的愿景，我们每天也都需要面对很多的事情。乔布斯说过："你无法预先把点点滴滴串联起来。只有在未来回顾时，你才会明白那些点点滴滴是如何串在一起的。"这句话的意思是说，你现在每天所做的一切，今后是可以串起来的，而不是别人左右你的结果。

《一生只做八件事》中的平衡轮有八个方面，这就需要我们如何做到"要事优先"，在"平衡轮"练习过程中，经常有人觉得"八方面怎么可能，写不完，想做的事情太多了"。还有人冥思苦想，找不到、写不出自己的八件事。这两种情况，其一的可能是什么都想要，其二是不知道自己想要的是什么。所以"要事优先"能够让我们聚焦要事，也能引导思考干什么、怎么干。"平衡轮"这一工具，不但对个人有益，一个团队、一个组织也值得尝试。如有哪个部门感兴趣，不妨花上半天时间，试着用平衡轮讨论制定年度要做的八件要事，或是每月要做的八件事，想必出成果的事情有、完成任务的事情有、打基础的事情也有，如果通过这一方式能让大家聚焦要事并统一思想，还是值得一试的。

三感"卓有成效"

要想提高管理者的绩效和成就，使工作达到令人满意的程度，唯一可行的办法，就是提高有效性。所谓有效性，就是使能力和知识资源能够产生更多更好成果的一种手段。

"卓有成效"是《卓有成效的管理者》一书的定语，其实作者谈的更多的是"有效性"，不知道是不是作者觉得不加"卓"字不吸引人、书中的观点就不足以引起人们的重视。

也许作者这样的目的就是一针见血地指出我们日常工作的怪圈,好像不谈创新就不被重视,不谈卓越我们的人才培养就没有新方法。其实,从有效性来说,我们原来的工作有效了,创新、卓越还用大提特提吗?再者,如果只是把该做之事完成了,即只是真正实现了"有效性"就算创新和卓越?其实这里面有很多的东西需要我们思考。

"有效性"实际和大前研一的"专业主义"是一致的,"有效性"就是"业",即成果、效果。《专业主义》这本书不但适合管理干部读,也适合我们每个人读,尤其是知识分子,如何做到用"业"来支撑"专业"的头衔。"有效果比有道理更重要"、"不完美的行动胜过完美的等待",这就是告诉我们要去行动而不是空想、要去实践而不是空喊、要去做好自己的事情而不是批判别人。体会作者"严格来说,我们的问题不是缺乏'创意',所缺乏的只是创意的执行"这句话,有效和执行的含义不言自明。

雅斯贝尔斯曾说:"教育意味着一棵树摇动另一棵树、一朵云推动另一朵云、一个灵魂唤醒另一个灵魂。"生活即教育,我们每个人一辈子都在当老师,因为你时刻在摇动、推动和唤醒身边人;也时刻被身边人摇动、推动和唤醒。"今天你不改变自己,明天就会被别人改变。"作为团队的负责人,你是希望去改变、感召、影响团队中的其他人,还是希望被其他人改变、感召和影响。只要是正向的,结果是好的,就符合"有效性",就会有"业"。正能量互相影响、负能量亦然,真心期待我们身边的正能量氛围越来越浓。

2015 年 1 月 17 日

人生如戏
——读白燕升老师《大幕拉开》有感

我有幸认识白燕升老师,是在 2015 年 2 月 2 日北京成功使者管理咨询有限公司举办的《一生只做八件事》授权讲师培训班上,朴实的他悄声落座,我们认真听课的老师第一眼都没发觉推门进入的是位名人。也没想到,随行者搬进来的箱子,装满的是白老师打算送给每位参训者的《大幕拉开》。更没想到,他从此便与我们结缘,成为了我们正能量微信圈里经常分享生活感悟、交流体会心得的常客。我想,这大概就是缘分吧。

文如其人,读《大幕拉开》这本书,貌似在和白老师进行一场心灵对话,或是更像在听白老师禅悟人生,读后感悟颇多。书中关于爱情亲情的情真意切、关于人生理想的执着追求、关于舍得放下的人生道场、关于传承文化的无限敬畏等等,深受感动,更令人深思。

1. 人生如戏,贵在如何去彩排

台上的谈笑风生正是台下不厌其烦的背后发力换来的;相反,台下只关注外表的穿戴,指望到台上抖机灵,这纯属冒险,也很难精彩。

我们往往看到一个人的成功就去羡慕,进而想去成为那么一个人。而实际上，我们自己只能成长为自己，我们的孩子也只能成长为他们自己，因为没有两个人是完全相同的，成功的道路不可被复制而只能做参考。我们对于成功人士，对于比我们优秀的人，不能只欣赏，而要去感悟，要知其真、悟其道，成功人士那最后 1% 的成功时刻往往被放大，而成功前 99% 的付出时刻容易被人们忽视。

  书中"病房里的化妆"这部分内容令人读起来有潸然泪下之感。在白老师进入央视正需奔事业向前冲时，爱妻突然意外摔伤，卧床近两年之久。既要在医院照顾妻子，又要工作，因此就有了他很长一段时间"医院—央视—医院"两点一线的生活。因怕从医院赶往台里录节目化妆时间紧，他在病房里结识的有缘人为其在病房化妆，而后白老师再赶往台里录制节目。这种对亲情爱情可贵的呵护、对工作事业的敬业投入、对困难生活的豁达乐观，感人至深，更令人心生敬畏。在三年时间内，白老师除了工作，几乎谢绝了所有的应酬，中断了和多数同学、朋友的交往。那段时间，照顾家人及奔事业就是他的大幕。而只有明白了台下的付出，才能真正感悟台上的风采。

  曾读道一句话，大意是"在台下时要时刻准备着上台，在台上时要时刻准备着下台。"细琢磨，很有人生哲理。为着自己的理想目标，我们要有耐得住寂寞的付出，而一旦得到，就要考虑离开的时候或是下台时能为别人留下点儿什么。现在思来，白老师虽离开了央视、离开了香港卫视，但他一直在传播戏曲文化、传播中国传统文化这种精神，对我们的影响更胜于台上看得见的风采。

2. 明白了放下，才能真正地拥有

一个人独自静下心来，和自己的身体对话，和自己的心灵交流，体悟和谐的妙处，是现代人的一种奢望，更不用说修行到心神合一的至高境界了。宝马和夏利的区别在哪里？不是速度，主要区别在于制动和刹车系统上。不是看你飞得多高，跑得多快，而是看你能不能安全地着陆和到达。

在工作生活高节奏的今天，我们都喜欢快，好像都慢不下来了。比如快餐，如果三五好友出去就餐，稍待等位就心情烦躁。收寄快递，如果两三天到不了就会一催再催，而没有了原来所谓的鸿雁传书带来的等待和思念的享受。我们很需要静下来和自己对对话，问问自己哪些需要放下，哪些是真正想要的。找时间静静地思考我一生中想要什么，一年中想要什么，一个月中想干点儿什么，在慢下来的时刻和自己的心灵对话，聚焦我们的目标，探寻我们的人生舞台，而后起舞。如果我们不知道要跳什么样的舞步，何谈拉开大幕？

在那次培训中，白老师是我们公认的开心果，不管是课上还是课间。他率真的性格、开放的自我以及真实又富有风趣的言语，感召我们摘下面具、探寻自己、享受真我。这正诠释了白老师书中"以减法的姿态去做事、交流，像孩子那样表达喜怒哀乐，一切都会变得简单"，"感性率真、直觉本能比老谋深算、故弄玄虚可贵得多"这种理念。更令我感动的是，白老师曾赠两张门票与我，可以参加由他主持的北漂春晚节目的录制，当天他在微信里不止一次通过语音告诉我八一电影制片厂有两道门，如何登记、开车如何进门、路上如堵车需要提前多长时间出门等等。我作为与他刚刚有过一面之交的再普通不过的一位过客,白老师居然这么用心。真正感染人的永远不是华丽的言语,而是其背后蕴藏着的对人对事的真挚情感,以及对生活的无比热爱,这就是白老师给予我的最大感触。

对于读书,白老师告诫我们要多读书,要多读"无用"的书,在读书上不要有太多的功利,这一观点,久思乃知其味。

3. 明白了千里马的品质并去拥有,才会遇见真正的伯乐

"古人说,先有伯乐,后有千里马。我先做千里马吧,管他伯乐在哪!"这是书中所写濮存昕在某次接受采访时谈道的一句话。细品味非常有道理。我们很多人往往抱怨拿3000元的工资干8000元的工作,也有人发牢骚怎么没人赏识自己。关注这些,殊不如先修炼自己而再想希望得到什么。大幕拉开时,我们是否在台下投入了充足的工夫,练就了优美的舞步?

"一个人的核心竞争力不只是地位、财富、学历、个人魅力、特长,也包含读书、健身、与智者交朋友、业余爱好等等,除此之外,爱更是一个人的核心竞争力。"我想这些,都是千里马的品质,而我更觉得,读书和爱是更需要拥有的,也许这两条,能够支撑一个人的地位、财富、学历、个人魅力等等。书中还写:"每一处小细节都是造就一个人的关键,正是这些细节让人生多样,让未来充满悬念。不知不觉中培养了这些细节,也在不知不觉中造就了自己的将来。"而没有爱、没有情感,我们很难想象,如何真正地把每一个细节都做好,如何真正地去承担一份工作、经营一份事业。没有爱、没有情感,我们的心态、我们的工作、我们的生活、

我们的朋友圈等等，都将会失去阳光而黯然无色。

坚持也应是千里马的品质。"有时候，坚守比创新更难。"实际想想，我们真的缺少创新吗？有多少已有的好制度和好习惯我们还不够坚持？有人说，成功者不一定是实力最强者，而是能坚持最久者。所以，选一个我们心目中的人生舞蹈，去锻炼、去培养、去静待大幕拉开。

我们常说要享受当下，而拥有这种状态，关键要看心态。书中所谈"一个人是否成功，是否快乐，有运气因素，但通常都取决于我们的选择和面对现实的心态。"这句话在某种意义上代表了白老师的人生历程，代表了他面对生活困境的坦然、代表了他对自己执着追求的享受。和自己较劲的，不是社会、不是环境、不是生活，而是我们自己的心态。

古语说"千里马常有，而伯乐不常有"，但我认为，我们真正的千里马真的常有吗？我坚信，真正的千里马，定能遇见伯乐。

读《大幕拉开》这本书纯属偶然，有幸认识白燕升老师更属偶然，以上三点，只是我感想的只言片语。一本书可以摇动、推动和唤醒一个人，而《大幕拉开》值得我们品读的同时，亦能促使我们思考希望拥有什么样的人生舞台，以及如何享受台上舞动人生的风采。

2015 年 5 月 15 日

《异类》，异类？！

读完《异类》这本书，收获颇多，更进一步了解了马太效应、1万小时法则，知晓了中国的稻田文化，尤其是文化对一个民族、地区乃至整个国家的影响之大，更促使了我对"异类"的思考。

谈道"异类"这一词语，也许有些人一开始会和我有同感，头脑中闪现的犹如另类、不合群等类似的贬义词，细琢磨其实不然。书中谈道，"异类"是那些获得特殊机遇之人——是那些耐心等待，当机遇到来就当仁不让把握机遇的人们。现实生活中，好多的词语本是中性词，而被我们的习惯，或是在某一时期的文化影响下，被我们赋予了褒义或是贬义。这也犹如我们的现实世界，无论我们怎么看，他都是客观存在着，而对世界或是社会的不同看法，形成了我们每个人不同的世界观，对现实生活有的人心装抱怨、有的人心怀感恩，有的人则像斗士一样地工作和生活。而我认为，本不应被称为异类的"异类"，或许拥有以下特质：

1. 在聚焦目标后注重执行

西方有句谚语："如果你不知道你要到哪儿去，通常你哪儿也去不了。"在 2015 年的硕士研究生复试过程中，巡视了好几个面试现场，最打动我的一名学生在自我介绍时说:"我是一个执拗的人,有的同学本打算考研,但在别人的影响下放弃了,但我却执拗不放弃,坚持考研梦,执拗了近千小时的快题练习,一直慢慢地向目标靠近,不忘初心,方得始终。"有这样特质的学生,其人生已然成功了。为了考研,他花费近千小时进行快题设计练习,这是怎样的一种精神。每个成功人士的背后,都有着常人看不到的耐得住的寂寞。

《异类》一书中谈道:"埃里克森的研究中最引人注目的结论是:第一,根本没有'与生俱来的天才'——花比别人少的时间就能达到比别人高的成就;第二,也不存在'劳苦命'——一个人的努力程度比别人高却无法比别人更优秀。""一个人在学习的过程中,要完美掌握某项复杂技能,就要一遍又一遍艰苦练习,而练习的时长须达到一个最小临界量。事实上,研究者们就练习时常给出了一个神奇的临界量:1万个小时。"并谈道:"研究发现,任何一个领域的世界级水平都需要起码1万个小时的训练。"这不禁让我想到了我曾参加的2015北京十一学校教育论坛。为开好年度的教育论坛,北京十一学校特意开发了一个网络系统,通过众酬的形式,让老师在网络上就某些教育问题发表看法,并与学生互动。论坛上系统开发及数据统计老师介绍,论坛之所以成功,就是因为全体老师在网络系统上访问及互动的时间总计超过了1万个小时。诚然,1万小时法则也许大家都不陌生,关键在于是否坚持去做,在一件事情上累计能否达到1万个小时的投入,看似一个不小的工程,实则只需每天进步一点点。在社会学领域,所谓成功就是"优势积累"的结果,就好比我们越担当就越有能力,而能力提升后又有更多的机会,更多的时间承担更高层次的业务与责任。所以,1万小时法则告诉我们,我们需要聚焦目标,更需要聚焦后在想要得到的事情上所应投入的时间和精力。

2. 在高度自我中享受当下

　　提到"自我",也许会有人将之与"自私"相提并论,其实二者相差甚远。美国心理学家、实用主义哲学家詹姆斯认为"自我是个体所拥有的身体、特质、能力、抱负、家庭、工作、财产、朋友等的总和",并把自我分为经验自我和纯粹自我。精神分析学派的创始人弗洛伊德在他的心理学中阐述了他的自我概念,认为人格由本我、自我、超我组成。有概念指出"自我亦称自我意识或自我概念,主要是指个体对自己存在状态的认知,是个体对其社会角色进行自我评价的结果。在我们的经验中,觉察到自己的一切而区别于周围其他的物与其他的人,这就是自我,就是自我意识。这里所说自己的一切指我们的躯体,我们的生理与心理活动。"我认为,自我就是在探索自身愿景、价值观等基础上,为了实现自身目标和想要的生活,排除一切干扰而为之努力的过程,是一种自身高度和谐并享受当下的精神状态。

　　《异类》一书谈道:"生物学家讨论生物体时常涉及'生态学':森林里最高的橡树之所以长得最高,不仅因为有一颗最优质的种子,还因为他在成长过程中没有被其他大树挡住阳光,它生长的土壤深厚肥沃,它在还是幼苗的时候没碰上兔子啃树皮,它长成以后也没有被砍伐。"读了这段话,也许有人会把长得最高的橡树之所以能长高归结于外因,这样理解也许有些片面。如何理解优质的种子? 2014超级演说家第二季全国冠军刘媛媛,在反驳《寒门再难出贵子》演讲中,问及"你们当中有谁觉得自己是家境普通,甚至出身贫寒,将来想要出人头地只能靠自己"时,多数人都举起手呼应。"临渊羡鱼,不如退而结网"大家都不陌生,然在临渊羡鱼之后,真正退而结网者有几人?"我们的时间、精力,乃至金钱都是种子,种在哪哪长。"看了这句话,经常埋怨自己不是优质种子,或是觉得自己生不逢时的朋友,或许会有一些新的思考。我越来越觉得,生活中处处暗含了一种关于做得到的哲学理念,至于怎样做得到,则应多向内看,探寻自我、关注自我,明白自己想要什么。

3. 在传承文化中破旧立新

看了《异类》这本书,让我着实感受到了文化传承的力量以及文化可怕的地方,并了解了何谓荣誉文化、何谓中国的稻田文化等等。

可贵的中国稻田文化。书中谈道"水稻种植的关键是,你不仅要付出大量劳动,操作时还要严格精准。"而能够代表中国稻田文化的话语有"谁知盘中餐,粒粒皆辛苦"、"春耕不肯忙,秋后脸饿黄"、"人勤地不懒,人懒地生癞"、"一年忙到头,吃喝不用愁"等等。我认为,稻田中产生的文明是我们要努力的付出、要持之以恒的付出,今天埋下的种子,就是若干年后的果实,如果没有果实或是果实不够丰满,一定要相信,此时的庄稼正在默默地扎根,量变转为质变的一刹那,将如雨后遍地笋,老树发新芽。在快餐化的今天,我们都想瞬间得到自己想要的东西,功利化的色彩愈加浓厚,而我们稻田文化的另一重要特点就是要善于观察,观察病虫害;要有耐心,不拔苗助长。农民们知道遵循禾苗的成长规律,懂得最淳朴的等待所带来的享受,只要该有的施肥和灌溉够了,剩下的则是让禾苗自己成长足矣。此刻,让我想到了大家都喜欢吃的东北大米,为什么?

因为其生长期长，最接近1万小时，而生长期短的水稻则食之无味，在我们的稻田文化里，无时不暗含着1万小时法则。

可怕的飞机失事族裔理论。专业调查机构分析显示，1987年、1989年及1994年发生在韩国大韩航空公司的飞机失事事件，致命因素多是来自于韩国的本土文化，即机长是老大、什么事情都是机长说了算，这种文化的存在，导致了即使副机长发现了飞机可能存在的隐患，也是含糊其辞、小心翼翼地向机长沟通，而不敢即刻直言。这种现象同样存在于特殊天气，因航班繁忙空中盘旋等待降落时，对于燃油即将耗尽的飞机，机长、副机长依然是不敢即刻与机场空管对话明示，而是含糊其辞的用语，最终导致不应发生的悲剧。经缜密调查，韩国发现了飞机失事的族裔理论，经全面改进，大韩航空后来已成为全球第二大航空联盟——天合联盟成员。经常有人问，如何提升沟通能力，或是授课技巧，我认为，沟通的要义不在于我们说了什么，而在于对方接受了什么；而授课的技巧也不在我们讲了什么，而在于学生学到了什么。用适当的方式，敢于表达内心真诚的想法，多数情况下别人是会理解的，当然，前提要以利他原则为根本，而不是自私为己。

其实，我们的选择、我们的感觉，乃至我们的人生理想，应以自身为出发点。尤其青年人，要有自己的特质、自己的主见，而不是一味地从众，这一点，在"大众创业，万众创新"时代显得尤为重要。所以，异类不异类已然不重要，重要的是我们自身的成长，以及为别人、集体和社会所带来的正向价值。认准的目标，努力实践之、笃行之，其他的交由时间来评判，足矣。

2015年5月16日

浅谈"从0到1"与"从1到n"

曾经有人问我,"'守城'与'突破'如何理解?"现在想来当时的回答很不深刻,读了《从0到1》这本书,让我对这一话题有了更深的思考。《异类》一书让我觉得应在传承文化中破旧立新,《从0到1》则更让我体会到"人生处处体现了关于做得到的哲学理念",否则,无论"从0到1"还是"从1到n",我们只能想想,只停留在思考层面。

《从0到1》一书对"从0到1"和"从1到n"进行了全面的解读,即:我们期待的未来是进步的。进步可以呈两种形式。第一,水平进步,也称广泛进步,意思是照搬已取得成就的经验——直接从1跨越到n。水平进步很容易想象,因为我们已经知道了它是什么样。第二,垂直进步,也称深入进步,意思是要探索新的道理——从0到1的进步。垂直进步较难想象,人们需要尝试从未做过的事。

"从0到1"与"从1到n",其实就是创新与传承、突破与守城,在我看来也是矛盾论的两面。

1. 要有"从0到1"的思维

有人说:"思维决定习惯,习惯决定命运。"我们当下的任务是找到创新的独特方式,使得未来不仅仅与众不同,而且更加美好,即从0到1。最重要的第一步是独立思考。只有重新认识世界，如同古人第一眼看见这个世界一样新奇，我们才能重构世界，守护未来。

本书以此为结尾，道出了思考的重要性。

思维敏锐的前提，就是建立经常思考的习惯。只有经常思考，才会有新思想、新观点涌现。而从0到1垂直进步的前提，首先要有坚定的信念、乐观的心态，就是相信某事能成。对未来不明确的悲观主义（现在的欧洲）、对未来明确的悲观主义（现在的中国）、对未来明确的乐观主义（1950—1970年的美国）、对未来不明确的乐观主义（1982年至今的美国）是书中所谈四类人对未来的四种不同态度。一般而言，乐观者往往是有明确计划者，他们大多看到的是希望，把希望放大、把困难缩小，注重排除干扰、寻找方法、探寻可能；而悲观者的思维方式，经常是把困难放大，首先看到的是障碍，往往害怕梦想、害怕失败、害怕不被人接纳、害怕冲突，想到的是我没能力、我没资格。巴菲特曾说："做你没做过的事情叫成长，做你不愿意做的事情叫改变，做你不敢做的事情叫突破。"想要取得从0到1的垂直进步，首先要有敢于突破的勇气，勇气来源于自信，而自信来源于学习和成长。

2. 要有"从0到1"的目标

一个明确的愿景可以坚定人的信念。一个目标明确的人往往会选择一件最该做的事，并专心做好这一件事。

有太多的名人警句和成功案例，阐释目标的重要性、规划的重要性，如果我们不知道何为"1"，也就是对我们的目标到底是什么不明确，那么"0"就永远在原地踏步，不知迈向何方。好的人生是规划出来的，犹如好的事情是策划出来的。

从0到1的目标，其设定原则除满足可实现、有时间节点、可检视和评估等元素外，还要体现以下几方面，一是要有新意，能体现与众不同；二要有内涵，与自身的特色相结合；三是要聚焦，只有聚焦，才能专注地把事情做好；四要实事求是，还是要遵循事物的发展规律；五要有利他原则，只有利他，方能久远。而好的人生，同样需要规划，我们既要有一生的愿景，即一生中我们要成为一个什么样的人；还要有中长期规划，我们的30年、20年或是10年想要长成怎样的自己；更要有年度目标，每月、每天都知道自己要干什么，为了实现10年、20年、30年，乃至整个人生想要成为的那个人，当下应做之事是什么。

3. 要有"从1到n"的坚持

管理学学科创始人彼得·格鲁克在《卓有成效的管理者》一书中谈道"严格来说，我们的问题不是缺乏'创意'，所缺乏的只是创意的执行。"能执行的创意，做得到的创意，才是好的创意。同样，好的规划，是做得到的规划，可操作的规划与可实现的规划，不然，只能墙上挂挂。

在一味追求创新的时代，我们往往容易丢掉传统，普京曾指出："忘记过去，就意味着没有良心，但要想回到过去，就意味着没有脑袋。"其意之一，是我们要保持传统，注重传承，而传承即是坚持。我认为，优秀是一种习惯，一种做得到的习惯，一种坚持的习惯。有时候坚持也是一种创新，一种最扎实的创新。从某种意义上，从1到n，也是从 0 到 1 的一种解读，也应谓之突破。

而坚持，就是要在有想法、有创意，有 1 的目标后，能排除干扰、聚焦目标、脚踏实地的从 0 做起。同样，作者在书中谈道："一个企业今天的价值是它以后创造利润的总和"，"一个公司要想有价值，不但必须成长，还必须能持续成长"。从这两句话来看，我想既是作者对"坚持"的解读，又是通过从 1 到 n，实现从 0 到 1 的一种解读。对公司而言如此，对于一个人来说，今后能创造的价值以及持续的成长又何尝不是我们评价和关注的重点？

一言以概之，"从 0 到 1"与"从 1 到 n"的关系，犹如"由行致知"与"由知到行"，又好似矛盾论的两面，只有二者兼顾，做到知行合一，才能实现"从 0 到 n"的进步。

2015 年 9 月 29 日

不动笔墨不读书

"不动笔墨不读书"、"事非经过不知难"、"不当家不知柴米贵"……前人为我们总结归纳出的这些好句子,不胜枚举。乍看浅显易懂,然其真正寓意非亲身体会而不能感受,毛主席曾说"不调查没有发言权",我认为"不体验发言肤浅"。

2015已是往昔,我们已迈向2016。回首2015,感谢的话有很多,感谢每一段经历、感谢每一场相伴、感谢每一段因缘,而最应感谢的,还应是自己。感谢自己的坚持,读书30本、练笔20篇、讲座10场是2015的年初为自己定的目标。年末回首,读书50本、讲座16场、练笔38篇,字数破8万,想想还是正能量满满。感谢自己,是因为自己的体验、自己的改变。我们每个人,都不可能成长为任何人,哪怕是学有榜样,我们依然只能成长为我们自己。

曾在一则微信里看到一句话,大意是说"我们每一个人倘若看够1000本书,将没有什么话不能说、没有什么书不能写、没有什么事情我们不能理解"。给人带来"世事洞明皆学问,人情练达即文章"之感。周国平老师曾说,读书就像谈恋爱。每个人的读书之路,只有经过自己探索才能归纳出真正的经验,而只是一味地去读别人推荐的书,依然还是缺少平常心和自己的一份淡然。经过阅读不同题材、不同作者的作品,探索适合自己的内容,实际是在慢慢地选择如何做自己。读书，能够为自己带来共鸣、启发自己已有的思维，能让自己组织语言、找到想说而不能说出之话，这类的书就是好书。激发自己思考的欲望，并产生共鸣，这种感觉确与恋爱之感无异。用周国平老师的话来讲，我应是刚刚打开恋爱之门，刚开始找寻恋爱的对象。但读书后的练笔，与周国平老师所指的恋爱相比，我认为是写情书。而情书的对象，是自己，记录自己思维的点滴，看到自己留下的字里行间，所记录的所感所想所悟，以及酸甜苦辣，虽能与人分享，但最理解、最能体会练笔内容之意的，仍还是自己，也只有自己才会有最深的感受和情感，这不就是情书吗？

坚持练笔，为的是记录自己的思维。创新，是我们这一时代的烙印。我认为，创新来源于不断地思考，来源于思考后所迸发出的一点点创意。灵光一现的时刻，想必我们每个人都有经历，如不及时记下，灵感往往很快烟消云散而不能找寻。有次写东西，对马上记录下的灵感，自己还是小有成就，但一不小心没有保存，而再次敲击键盘重新记录时，因少了灵感，总感觉之前的好想法一去不复返，留下的只是遗憾。即使表达的心情一样，但重新组织的语言不一样了，不免就少了份激动的心情。因此，及时记录自己的心路，是非常珍贵的一件事情。

坚持练笔，为的是跳出自我。弗洛伊德曾提出本我、自我与超我的心理动力论，认为"本我"代表欲望，受意识遏抑；"自我"负责处理现实世界的事情；"超我"是良知或内在的道德判断。我们每个人都有本我、自我、超我三个层次的身份，在忙碌的今天，我们多数情况下，关注更多的只是自我、本我。而练笔，是与自己谈心最好的方式，换位思考也好、上升理解层次也好、调整自己心态也好等等，都可以通过练笔实现。练笔，在某种意义上，与练字作画有异曲同工之处。倘是遇到不开心的事情，拿出笔墨练上一篇字、对着电脑敲出一段文，都能调整自己的身心。而这些，正是静心独处，跳出本我与自我，实现超我的过程。

  坚持练笔，为的是关注自己的心生活。杨绛先生将我们的生活分为"身生活"与"心生活"，"身生活"是物质、利益、金钱、地位等等看得见的一面，也是现实中多数人衡量一个人成功的标准；而"心生活"则是精神层面的，是自己心灵的富足，更多的是喧嚣后的一片宁静，通过读书、独处等方式得以享受。我们往往更多的关注"身生活"而忽视"心生活"，人被忽视久了，关系自然就会疏远，心亦如此，倘是我们对自己的"心"忽视久了，定会让"心"躁动，容易让我们整个人变得浮躁起来，不知道自己到底想要什么。

  坚持练笔，为的是开心地玩儿。我曾指导过的一个微信平台，一群志同道合的人一直在用心的经营。2016年初我用三行诗的形式，让大家畅谈2016的期望，看他们在群里发布前预览链接时热闹的议论，随即附上三句"所谓的梦想愿望，贵在知与行的体验上，终不让未来的自己讨厌现在的时光"，"潮起潮落，人来人往，唯有关注自己的心生活新方向"，"静心、独处、思考、读书，一辈子的征途，如是定挡不住2016的成长进步"。能和一帮志同道合的人一起玩，还是蛮开心的事。

  坚持练笔，是一种生活习惯、一种生命状态，不为什么，只因喜欢。

2016年1月2日

也谈为学的境界

王国维曾说:"古今之成大事业、大学问者,必须经过三种境界:'昨夜西风凋碧树,独上高楼,望尽天涯路',此第一境界也;'衣带渐宽终不悔,为伊消得人憔悴',此第二境界也;'众里寻他千百度,蓦然回首,那人却在,灯火阑珊处',此第三境也。"我认为,为学要有如下四方面的境界:

1. 求思

论语有曰:"学而不思则罔,思而不学则殆。"由此可知,学与思相辅相成。有学无思,只能算拿来主义,肚子里装的只是别人的东西;有思无学,有可能没有头绪,或者容易使我们多愁善感,或者空而论道,或者错失方向。而我们的思考,与我们的学习内容不无关系,有的知识能引领我们思绪万千、灵感泉涌,而有的知识非但不能促使我们思考,还令我们觉得索然无味。犹如读书,有些书读起来好像我们是在与作者对话,道出了我们常人想说但又说不出的内容。无论怎样,只有边学边思、边思边学,才能提高我们的敏锐度,我们的聪明才智才得以挖潜。所谓的创新,多是来自我们的深入思考。思考,也就是"低头拉车"之外的"抬头看路",看看我们的方向、思考思考我们的选择是否符合时宜，是否适合自己。

2. 求静

诸葛亮在《诫子书》中谈道："非淡泊无以明志，非宁静无以致远。夫学需静也，才须学也，非学无以广才，非志无以成学。"在信息化时代，在"互联网+"热议的今天，或许有人觉得"两耳不闻窗外事，一心只读圣贤书。"已经过时而不应提倡。但真正的学习，仍需要我们静下心来，去思考、去分析、去研究、去实践。有股不受外人干扰而执着坚持的精神。只有静下心来，才能忘我、才能心平气和，才能品味我们的学习、工作和生活。

3. 求辨

"真理不辨不明"、"尽信书不如无书"。有人说，所谓的历史，都是不真实的，因为我们都不可能亲身经历。这话虽有偏激，但即使是我们理解现今所处的时代，我们都不能很好地、很客观地评价人、事、物，一分为二地看问题。因此，在为学过程中，也应有辨别力和批判精神，只有取其精华、去其糟粕，方能为我所用。包括我们经常所谓的子曰，也并非都是孔子之言，多有其学生概括而得，统称为"子曰"。因此，我们在为学的过程中，只有多比较，才能融会贯通。哲学、心理学、教育学等多方面的知识有着一定的贯通性，包括我们对信仰、宗教等的理解，只有在多学、多思、多辨的基础上，我们才能客观的认识他们，也才能认识他们长期在社会中存在的客观性。

4. 求行

知识是学出来的，能力是练出来的。毛主席曾说："在战争中学习战争，在游泳中学习游泳。"只有在学习中实践、在学习中应用，我们才能真正体会为学的真谛。在教育学生、教育孩子过程中，身教胜于言教，已是至理名言，但实际上，我们又有多少自己没做到而要求别人的。对行的理解，以及对可行不可行的检验，只有在行的过程中才能真正获得。行，也是一种精神、一种境界，不只停留在口头上而是用事实说话，用实际工作来证明自己的可行。中庸有言："博学之，审问之，慎思之，明辨之，笃行之。"由此可知为学的最终目的，是为了笃行，就是学知识是为了用，无论是立竿见影的用，还是作为我们自身文化底蕴所体现出来的无用之用。换句话说，即知识只有在用的过程当中，才会有力量。当然，不能只是为了应用，才去学习知识，如果只为了用而学未免太功利了些，经常有人告诫我们要多学无用的知识、多看无用的书，这就是大无即大用的意思。诚然，这些也只有在行的过程当中才能有所体会。

2016 年 3 月 13 日

唯读书不能辜负

各位领导、各位老师：

大家下午好！

首先感谢机关党委给我这次交流学习的机会，想了半天，还是觉得"唯读书不能辜负"最能概括我想要和大家表达的意思，下面我试着从四方面浅谈一下我对读书学习的一点思考。

一是试着坚持下去就会成为一种习惯

作为工科男，其实我是不爱读书的人，回想起来，大学毕业之前读过的所有书屈指可数。2006年以后，由于要为学生上党课，慢慢地读了些党建党史方面的书籍，以充实自己。通过阅读，知道了杨奎松、傅高义、金冲及等作者的《中华人民共和国建国史研究》《邓小平时代》《二十世纪中国史纲》等一些好书。再后来，从2014年慢慢地喜欢上了读书以来，到现在养成每日读书的习惯，几天不读书，心里会有很不踏实的感觉。2015年年初，我为自己定的目标是读30本书，至年末共读了50本。读书笔记和相关思考写了8万余字。2016年的目标是不低于2015年，目前读了20本，读书思考写了2.8万字。

我们经常在微信读道"读书是门槛最低的高贵"、"唯读书和健身不可辜负"等等热门句子和励志文章。但我想如果不思考、不实践，这些也只能是鸡汤而不会有深刻感。

记得在一则微信里看到一句话，大意说是"我们每一个人倘若看够 1000 本书，将没有什么话不能说、没有什么书不能写、没有什么事情我们不能理解"。这话也许是对的，但如果不去自己感受，借用这句话就只能是舶来品而谈不出真实感。

这两年，我坚持过练字、坚持过锻炼身体，但都不能长久，唯有读书算是坚持了下来。坚持下来自己还是感觉有收获、有提高。坚持读书，给我最深的感受就是遇事不慌不乱了、思考更理性了、写东西更有条理了、对人生更淡定了，总之是自己的内心踏实了。

二是什么样的路都要靠自己去走

通过读书学习，我对"我们无法改变一个人，只能影响一个人，只有自己才能改变自己"这句话有了更深的思考。所有的事情都需要靠自己，给自己找一个依托、找个依靠，都没有靠自己踏实，读书亦然。

之前，我偶尔会找别人推荐书看，我也曾在微信平台推荐过部分书籍，但目前我认为，别人推荐的书不一定适合我的口味儿，我给别人推荐书也不一定很适用。这两年我读的书很杂，有励志类的、有管理类的、有教育类的、有文学类的和哲学类的，读道现在我对自己的喜好越来越聚焦，即对哲学类的和教育类的最感兴趣。周国平老师在其书中说，大学教育最重要的，是要培养学生的学习兴趣和求知欲，我想这对我们青年干部同样适用。工作生活中我们遇到一些挫折、不如意在所难免，如果我们聚焦到自己的兴趣上、求知欲上，其他不开心的事情占用的精力自然会减少。目前，读书对我来说，不但是一种习惯，还是减压释压的一种方式、对不良情绪的一种调节，倘是某天遇到不开心的事情，下班回家的公交车上看两眼书，情绪已基本得到调节。当然,我们每个人只要去找,都能够找到自己的兴趣点,以及自我调节的良药。

三是随时记录读书思考的点滴大有裨益

周国平老师在其书中曾谈道:"读书就像谈恋爱,读道自己心中所想但表达不出的内容时,是一种真享受;写随笔就像写情书,随时把自己的思考记录下来,是真正与自己的内心对话,自我满足和快乐不言而喻。"我们都会有灵光一现的时刻,如果不把好思维、好点子记录下来,将永不复返。而把好点子记录下来了,再去实践,我觉得这就是创新。创新工作的前提,就是需要提升我们的创新思维,经常性的去思考,养成经常思考的习惯,总会有好点子出现。

通过这两年的读书,促进了我对荣誉、名利、成功、幸福、教育、人生等话题的深入思考,也随时记录下了所感所想。其中写的一篇《己所欲,勿施于人》在周国平老师的公众号投稿录用后,1万+的点击率,还是满足了自己一时的虚荣心。

四是对卓有成效的管理者的思考

今天为大家推荐的一本书是《卓有成效的管理者》,这本书的作者是彼得·德鲁克,系管理学学科创始人。书中的一些内容为我留下了很深的印象:"卓有成效如果有什么秘诀的话,那就算善于集中精力。""所谓今天,乃是昨天所做决策和所采取行动的结果。""严格来说,我们的问题不是缺乏'创意',所缺乏的只是创意的执行。""以下是几条可帮助确定优先次序的重要原则,每条都与勇气密切相关:重将来而不重过去;重视机会,不能只看到困难;选择自己的方向,而不盲从;目标要高,要有新意,不能只求安全和方便。"

我认为,成效是根本,卓越是修饰语。对于成效的解释,我觉得用大前研一对"专业主义"的解读再好不过："专家是以专业为前提,而专业是以业为前提,不是以专为前提,什么是业?我们常说'成家立业',在这里'业'指的是某种成就或结果。比如,做事是为了立'业',所以叫事业。事在前,业在后,做事如果无业(没有结果),就等于白做。同样,行业也是行在前,业在后,但如果某一行不出结果,即无'业',这个行业就不再存在。"我认为"成效"就是大前研一所说的"业"即"成果",只有在有"业"的基础上,才能再进一步追求"卓越"。

我曾以"搞不定自己,你怎么带团队"为主题,在外校做过一次分享。我认为,管理最重要的事情是管理自己,如果我们每个人对自己应尽事都做到了极致,我们的团队一定是高效的,我们的目标也一定能够完成。但现在管理的一个误区就是,一谈管理好像就是管别人,别人听我的,这才叫管理;又如依法治校,好像只有别人听我的,这才叫依法,而不去考虑我怎么听别人的,我去遵循条条框框就是障碍,这是非常普遍也是非常不好的现象。就好比一谈教育,我们首先想到的是怎样去教育别人,而不是反省自己、成长自己,自己成长了,教育别人、影响别人的方法、魅力自然也就丰富和提高了。所以,作为一个管理者,我们首先把自己管理好,然后依法依规办事,同时服从别人的管理和规定,这几方面是需要同时进行的,而其中的根本和前提是管理好自己,然后才能影响别人、教育别人、管理别人。

最后,我想用一位资深华人教育家曾说的一段话结尾:"当你的成长速度跟不上爱人时,婚姻就出现问题!当你的成长速度跟不上孩子时,教育就出现问题!当你的成长速度跟不上老板时,工作就出现问题!当你的成长速度跟不上客户时，合作就出现问题！当你的成长速度跟不上市场时，公司就出现问题！……解决任何问题的核心就是：学习·成长·改变！"以此与大家共勉。也希望今后能和各位经常交流学习，更希望机关党委今后继续为青年人读书学习搭建平台、创造条件。

再次感谢机关党委给予我学习交流的机会，谢谢大家！

2016 年 5 月 23 日

在北建大机关青年科级干部座谈会上的发言

读曾国藩家书学为人之道

曾国藩,一个从李鸿章、张之洞到袁世凯、蒋介石,无不对其顶礼膜拜、尊为"圣哲"的传奇人物;一个从谭嗣同、梁启超到陈独秀、毛泽东,无不对其推崇师法、礼为"楷模"的"英雄豪杰"。我早闻曾国藩大名,但不知一二;更闻《曾国藩家书》,却不曾拜读,近来浅读之,爱不释手。正如书的封皮所言:"真可谓做人处事之典范,修身养性之圭臬;为官从政之精髓,治国安邦之箴言。"古之"修身、齐家、治国、平天下"之理尽在其中。

书中共九篇144封家书,先后曰修身篇、劝学篇、治家篇、理财篇、交友篇、为政篇、用人篇、养生篇、军事篇。然我认为,此九篇可用为人篇统而概之,其中的根本要义实为如何为人,故以"读曾国藩家书学为人之道"为题,对书中之内容略归纳一二,以加深学习并自省吾身。

一 学专一有恒

"凡人做一事,便须全副精神,注在此一事,首尾不懈。不可见异思迁,做这样想那样,坐这山想那山。人而无恒,终身一无所成。""用功譬若掘井,与其多掘数井而皆不及泉,何若老守一井,力求及泉而用之不竭乎?""若志在穷经,则须专守一经;志在作制义,则须专看一家之稿;志在作古文,则须专看一家文集。作各体诗亦然,作试帖亦然,万不可以兼营并骛,兼营则必一无所能矣。"曾国藩总以自己的事例勉励诸位贤弟养成专一有恒的习惯,如以自己"每日楷书写日记,每日读史十页,每日记'茶余偶谈'一则。此三事,未尝有一日间断"的事例,娓娓道来,诠释身教胜于言教之道。对于读书人,曾国藩更以有恒来劝学:"盖士人读书,第一要有志,第二要有识,第三要有恒。有志则不敢为下流,有识则学问无尽,有恒则断无不成之事。""学问之道无穷,而总以有恒为主。"无论为学、抑或是为官,曾国藩始终坚持自己的处事准则,而这正是其为人之道。

专一,就是要有精益求精之精神。对精益求精,曾国藩亦有论述:"些小得失不足患,特患业之不精耳。""食之得不得,究通由天作主,予夺由人作主。业之精不精,由我作主。然吾未见业果精而终不得食者也。农果力耕,虽有饥馑,必有丰年;商果积货,虽有壅滞,必有通时;士果能精其业,安见其终不得科名哉?即终不得科名,又岂无他途可以求食者哉?然则特患业之不精耳。求业之精,别无他法,曰专而已矣。""凡事皆贵专,求师不专,则受益也不入;求友不专,则博爱而不亲。心有所专宗,而博观他途以扩其识,亦无不可;无所专宗,而见异思迁,此眩彼夺,则大不可。"

专一有恒,即万事断不可求速效,谓之欲速则不达。"只要日积月累,如愚公之移山,终久必有豁然贯通之候,愈欲速则愈痼蔽矣。"而在培养人方面,亦能看出曾国藩看长远、重有恒的一面:"办大事者以多选替手为第一义,满意之选不可得,姑且取其次,以待徐徐教育可也。"

专一有恒,我认为就是不忘初心,对自己喜欢,且对成长有益的事情,能长期坚持,有股"不管风吹浪打,胜似闲庭信步"的精神,即使无名无利,也心无杂念、一以贯之地做下去,这种精神在功利化、快餐化的今天尤为值得提倡。

二 学重勤敬和

"不苟不懈,尽就条理"是曾国藩做事的准则,不苟且,即不随意,也就是认真,不松懈,不懒散,不拖沓就是勤奋。勤,在一定意义上与精、恒有异曲同工之处。曾国藩作为曾家长子,不但教导诸位贤弟要守勤,亦时常教育侄辈遵从曾氏治家之道:"时事日非,吾家子侄辈,总以谦勤二字为主。戒傲戒惰,保家之道也。""贤弟教训后辈子弟,总以勤苦为体,谦逊为用,以药佚骄之积习,余无他嘱。"曾国藩毕生以勤字自励,体现在方方面面,连报效国家也不忘以"勤"字示之:"吾惟以一勤字报吾君,以'爱民'二字报吾亲。才识平常,断难立功,但守一勤字,终日劳苦,以少分宵旰之忧。"

曾家多教育家人勤劳:"子侄除读书外,教之扫屋抹桌凳,收粪锄草,是极好之事,切不可以为有损架子而不为也。""新妇初来,宜教之入厨作羹,勤于纺织,不宜因其为富贵子女不事操作。"

家和万事兴,对于"家和",曾国藩在家书中有诸多的论述:"夫家和则福自生。若一家之中,兄有言弟无不从,弟有请兄无不应,和气蒸蒸而家不兴者,未之有也。""兄弟和,虽穷氓小户必兴;兄弟不和,虽世家宦族必败。""勤者,生动之气;俭者,收敛之气。有此二字,家运断无不兴之理。"

"勤"是我们学习新知、提升能力等自身成长的关键,多对我们的内驱力成长有益。"和"则是我们向外拓展关系、打造团队的关键,多有益于我们的外环境建设。做到了"勤"、"和"二字,我们才能内外兼修,较快地成长进步。

三学躬耕践行

曾家非常注重身体力行,对于躬耕践行的重要性,曾国藩曾曰:"天下事在局外呐喊议论,总是无益。必须躬身入局,挺膺负责,乃有成事之可翼。""若果事事做得,即笔下说不出何妨;若事事不能做,并有亏于伦纪之大,即文章说得好,亦只算个名教中之罪人。"曾国藩祖父星冈公的治家之道,有八字要诀:"书、蔬、鱼、猪,早、扫、考、宝。"即曾家讲究的是男子早起耕田,女子针绣持家。曾家大小的穿着,从帽子到鞋子,都要曾家女人们亲自缝制。曾国藩在传承持家理念基础上,更发展为"女子每月做鞋一双,腌菜一坛"。读书人更是要"每月要习字三千,作文两篇;每日读古文一篇,三日读熟一篇;每日读史三千字,十日读熟一篇"。曾家教育后人,不仅仅是"两耳不闻窗外事,一心只读圣贤书",而是要后生多动手、多实践。

"有操守而无官气,多条理而少大言"是曾国藩的观人标准。此中的多条理而少大言,我认为正是曾国藩对"行"的重要。"治军之道,总以能战为第一义。"更是说明了真刀真枪地干,比多言幸甚百倍。

以上三义,则环环相扣,既有相互关联之姻,亦有互相促进之理,吾辈当熟记于心,力践行之。除以上三者外,余觉一点感触颇深,亦应深学自勉,谓之勿恃才傲物。

恃才傲物意为仗着自己有才能,看不起人。曾国藩曰:"吾人为学,最要虚心。常见朋友中有美才者,往往恃才傲物,动谓人不如己。""吾人用功,力除傲气,力戒自满,毋为人所冷笑，乃有进步也。""古来言凶德致败者，约有二端：曰长傲，曰多言。"人们常说，"心有所恃，则达于面貌"、"凝于气而发乎神"，即我们心中哪怕有一丝凌人，对人不屑一顾的念头，无论在神情、还是在做事上面都可以体现一二，更不用说某些人以身高名贵自居，盛气凌人地以上欺下了。凡事总有两面性，"富家子弟多骄，贵家子弟多傲"。做淡泊明志的一介草夫，实有保身之举。骄傲与自满常为相连只用，管子云："斗斛满则人概之，人满则天概之。"待他人之来而后概之，则已晚矣，况人满天概乎。"有福不可享尽，有势不可使尽"是曾国藩的治家之道，然为人上，我们又有多少人形成了"有势尽要使尽"之风。

"和让谦恭，必然会大得人心；虚下自处，必然会受人尊敬。"万不能用自己的智慧对付他人的愚蠢，用自己的权势蔑视他人心中的权贵，用自己的贤能嘲笑别人的笨拙，真正内心的强大，高于一时的口头快感百倍矣。"治骄矜就要用谦恭，治樱满就要用空虚，治狂妄就要用礼仪。"而恃才傲物需要用虚心，凡事虚怀若谷，虚心有了，就有了谦让、有了礼节，自然就少了狂妄、少了肤浅。

一言以概之，修身、齐家、治国、平天下，贵在自己的为人处事之道。有如少年中国说："少年中国者，则中国少年之责任也。故今日之责任，不在他人，而全在我少年。"由是推之，我之责任，不在他人，而全在我自己为人。

2016 年 6 月 5 日

由高考作文谈读书

一年一度的高考近期再次拉开帷幕,参加高考已过近20年的我,早已不再关注高考。浏览今年的高考作文题目后,稍加注意便清晰可知,作文多对读书多少有些关联。特略谈一二,只为记录当下的点滴思考。

全国卷Ⅱ作文题目为"语文素养提升大家谈",适用甘肃、青海、西藏、黑龙江、吉林、辽宁、宁夏、内蒙古、新疆、陕西、重庆、海南等地,作文题大意为:谈如何学习语文。1.课上有效的学习,2.课外大量的阅读,3.社会实践活动。从自己的角度分析这三种学习方式,谈如何提高学习语文素养。北京卷作文题为二选一,其中之一为"神奇的书签",要求为:书签,与书相伴,形式多样。设想你有这样一枚神奇的书签:它能与你交流,还能助你实现读书的愿望……你与它之间会发生什么故事呢?请展开想象,以"神奇的书签"为题,写一篇记叙文。要求:表现爱读书、读好书的主题;有细节,有描写。天津卷作文题为"我的青春阅读":在阅读方式多元化的今天,你可以通过手机、电脑等电子设备,在宽广无垠的网络空间中汲取知识;你可以借助多媒体技术,"悦读"有形有色、有声有像的中外名著;你也可以继续手捧传统的纸质书本,享受在墨海书香中与古圣今贤对话的乐趣……当代青年渴求新知,眼界开阔,个性鲜明,在阅读方式的选择上不拘一格。请围绕自己的阅读方式，结合个人的体验和思考，谈谈"我的青春阅读"。要求自选角度，自拟标题；文体不限（诗歌除外），文体特征鲜明。

由此可知，多数省份的高考作文题，都与读书有关。我们都知道，巧妇难为无米之炊，我想这些作文题目，对于常读书之人，写800字的文章应是顺手拈来，而作为一个不怎么读书，或只是死读课本书、只善题海术的学生来说，这一题目则谓之难矣。以"我的青春阅读"为例，既然文体不限，则既可写自己的读书经历、喜好、习惯等等叙述性的文章，亦可写自己对某类书、某本书的深入思考或评论等议论性的内容，也可谈经常阅读给自己带来的心境之变化、看问题角度之完善、思考问题之深入等等抒情类的文体，而不读课外书，这些是无论如何都不能深入来谈的。对"神奇的书签"这一作文题目，可以谈自己在某一书签的吸引下，如何养成习惯、如何吸引自己阅读等等。针对"语文素养提升大家谈"这一题目，所涉猎的内容较之其他题目更宽泛些，因为课外阅读是语文素养提升的核心。对于第一方面"有效的学习"，其一是主动学习、学习兴趣的培养、如何学会学习等等；第二方面"课外大量的阅读"则可直接谈读书的重要性和必要性。其实这两方面，周国平老师在很多的书中都谈过其观点，即在学生培养上很重要的两点就是培养他们学会学习和学会读书。对于第三方面"社会实践活动"则可对学以致用、知行合一进行一些解读。当然，语文素养的提升还可以通过做读书摘录、养成记日记的习惯等等来拓展。如果某一学生养成了这些习惯，则侃侃而谈不在话下。由此可知，关于"读书"的高考题目，不是考前突击就可以准备的，这一主题更是考察学生的综合人文素养，这类作文正像大家所说貌似提笔都能写，但真正写起来想要写好则绝非易事。

坚持读书,其实真的能给人以力量。前不久,由于岗位调动我到了新的工作岗位,这是我不曾想到的也是十分陌生的岗位。收拾完新的办公室,思考片刻,好像除了搬了半柜子的书以外,没别的东西了,刹那间看着半柜子自己曾经读过的和即将读的书,顿觉对于新的工作岗位有了底气,觉得有这么多书做后盾,没有什么困难能吓倒自己。我想,这就是人们常说的"功夫在诗外"。

有几次面试新员工,我很自然地问每个人,喜欢读什么书,最近读的是哪本书等等之类的问题。后来我和身边的同事开玩笑说,这类面试其实是可以准备的,即只要精读一两本书,应对这类面试就能淋漓尽致地表现。但关键是有没有精读过一两本书,或是读了某本书后有没有进行一些思考。正像今年的山东卷高考作文,题目为"备好的行囊",材料作文要求为:旅行的时候行囊中很多东西能用上,很多东西用不上,很多东西会陪你很久。如果学生有读书的习惯,作文的开头可概括性地描述一番,笔锋一转,直接把作文的核心和重点转到读书上,也能写就一篇很不错的文章。

无论如何,我们需要做的,就是要吾日三省吾身,每天问问自己,今天读书了吗?明年的高考作文,不知道会是什么,但我想,只要坚持读书,哪怕从现在开始坚持一年,应对明年的高考作文,定会是有益的。

2016 年 6 月 7 日

生活感悟

做一名真正的麦田里的守望者有时无关最后的结果即使收成不好也值得回味值得给予掌声因为守望的可贵之处在于守望的过程正如我们对人生的追求难能可贵的光景永远在追求成功的路上所以无论我们想要什么样的生活和人生只要自己在路上都值得庆贺都值得守望

拾碎

做一名真正的麦田里的守望者,有时无关最后的结果,即使收成不好,也值得回味,值得给予掌声,因为守望的可贵之处,在于守望的过程。正如我们对人生的追求,难能可贵的光景,永远在追求成功的路上。所以,无论我们想要什么样的生活和人生,只要已经在路上,都值得庆贺,都值得守望。

也谈"匹配"

2015年6月12日,风和日丽,我在北京有幸参加了新精英生涯(北京)教育科技有限公司承办的第三届"中国生涯发展大会",收获颇丰。此次大会上,"匹配"一词是给我留下深刻印象的字眼之一,也带给我一些思考。

新精英生涯创始人古典老师在谈道未来生涯市场时,提出了"互联网+生涯"、"大众化+生涯"、"创新+生涯"发展趋势,我认为古典老师其中所谈的即是生涯发展与互联网发展匹配的问题,与大众需求匹配的问题以及与市场环境匹配的问题。而古典老师所谈"生涯不是帮助人找到工作,而是让接触到它的人更加幸福",这句话正说明了现阶段生涯与人们需求匹配的变化,由原来的"找到工作"到"更加幸福"。而我们实际工作中,为什么往往所做工作效果不明显,或是满足不了前来咨询的学生?主要是我们所提供的服务,或是我们所认为好的决策,与学生的实际需求不匹配,或者是匹配度不高。

中国科学技术大学翁清雄教授在分享其研究项目中谈道,人与组织的匹配、人与工作的匹配受职业指导、职业支持的影响,同时又影响着职业目标进展、职业能力发展及组织回报增长。幸福指数高的人,应满足以下几个匹配条件:工作与家庭匹配的比较好或是平衡的比较好;工作岗位与自身价值观匹配的比较好;付出与回报匹配的比较好;自身与工作环境、与下属、领导等的关系匹配的比较好等等。翁教授建议要给年轻人尝试从事不同行业的机会，而尝试的目的，就是探索人职匹配的最佳选择，即探索不同行业与自身兴趣、性格、能力、价值观等多种因素的匹配度如何。但无论怎样，适合什么职业、什么岗位，只有在尝试后才能知道是否匹配，也即一定要经过实践和行动。

北京师范大学乔志宏教授演讲的题目为"适应为体，匹配为用"。乔教授通过其对社会认知生涯理论SCCT的解读，诠释了个人经验、环境因素—学习经验—自我效能、结果期待—兴趣—目标—行动—结果等因素中前者对后者的影响，同时结果又反作用于学习经验，以此循环往复，这当中也体现了相互匹配的因素在里面。乔教授指出不努力永远感到迷茫，只有自己经过不断地努力，不断地去体会，才会不断地有新的成果。而我认为，解决所有问题的关键，就是我们持有的心态、所采取的行动、所采用的方法等等是否与我们想要做的事情相匹配。

管理学中著名的"三圈理论"指出，价值圈、能力圈、支持圈三圈所形成的重叠区，即耐克区也暗含着匹配问题，匹配度越高，则耐克区越大。在《生命中最重要的》一书中，作者史蒂芬·柯维定义了"三条腿的凳子"模型，即角色、使命、价值观三者分别是凳子的三条腿，有一条腿与其他两条不匹配，则凳子就会倾斜。因此，现实生活中，我们需要考虑的是我目前所做的是否与所担任的角色相匹配，即岗位是否与我们应该做的工作、应该承担的责任相匹配？是否与我们的主导价值观及个人使命相匹配，即目前所做的是否与我们所认为的生活中最重要的、最高优先度的事情及我们的人生愿景相匹配？

有人说，"我们一切的'学习、成长、改变'都是为了和对等的人相知相伴"。此中的相知相伴，其实谈的也是匹配的问题。生活中，我们扮演了多种多样的角色，在不同角色里，我们的言行、我们的能力等要与所扮演的角色相匹配。毛主席曾说"到什么山上唱什么歌"，只有适合的，才是最好的。所有的决策、所有的取舍，只有充分考虑自己的内因外因，真正与自己匹配，才接地气并符合时宜。我们只有不断调整愿景、身份、价值观、能力、行为、环境等因素的匹配度，并螺旋式上升，才能成为更好的自己。

2015 年 6 月 12 日

学会孤独

蒋勋先生曾谈过"孤独六讲",并说孤独有思维孤独、精神孤独、语言孤独、情感孤独、行动孤独。思维孤独,是想问题的方式方法、思维模式非同一般人。精神孤独,则是思想达到一定境界,旁人多无法理解。语言孤独,是指言语不容易被听得懂,交流谈话或发言时与众人常不在一个频道,有自己的见解。情感孤独,是表面显示为情感上的孤僻、内敛,实则内心情感丰富、细腻且富于人情。行动孤独,则是做事情的方式方法比较异类,不容易被别人理解。所谓孤独,我认为,最重要的是孤独的主体,即我们自己是否在真正的孤单、还是在自我中享受。而客体是常人眼里给予我们的从众评判。子非鱼,焉知鱼之孤独乎。

"互联网+"时代确实为我们每个人的工作和生活带来了极大的便捷,然而从另一面来看,信息化也带给整个社会及我们个人以浮躁。在信息极其闭塞、没有电灯电话的时代,古人照样吟诗作曲、男耕女织,一片和谐。曾经看到这样的发问,如果在没有网络、没有电视、没有电话手机等情况下,我们还会不会生活?这虽是常话,确也值得我们每个人思考。说到底,我们能否不忘初心,自我思考、自我判断、自力更生、自我满足、自我享受,一言以概之,是否能和自己孤独地相处。所以我认为,我们应学会孤独。

学会孤独,就是要有自己的思想,有自己的想法。不论是对工作、自身发展，还是对生活，有些人是没有想法的，工作中领导让怎么干就怎么干、别人怎么干就怎么干、以前怎么干就怎么干；对于自身发展，前人成功的足迹是什么就怎么走、别人如何投机取巧我也随大流、社会说什么重要我就关注什么；别人有怎样好的生活我就遵循、别人下班后如何健身我也跟着学等等。诸如此类的现象不胜枚举。当然，只要是好的，不是说我们不可以学，凡能提升我们的工作、改善我们的生活、完善我们的人格的事情都值得学习，但是否有自己独到的见解、长期的打算和想法，我认为这关乎我们是否是一个特质的我。这其中的要义，就是要多思考、多剖析，思考得多了，自然会有自己的思想；剖析得多了，也自然会有自己的观点。人的多数能力大都由后天习得，思考力、思维力亦能通过经常性的锻炼获得提升。

学会孤独，还要有决心，有特立独行的精神。现实生活中，有太多的干扰让我们徘徊，止步于自己的梦想和初心。而坚持是力排众议的最有效说服力，力挽狂澜之气魄，也来自坚定的执着。选择正确的事，然后正确地做事，即使特立独行也没什么不好。社会的创新进步与改良，需要特立独行之精神，而最终的胜者，往往不是实力最强者，而是坚持到最后者。有决心，就是不以别人为目标，不以别人的意志为转移，不被客观牵着鼻子走。不忘初心，方得始终。在大众创业、万众创新的时代，想开创一片天地，必有特立独行之精神和行为的支撑，并沿着自己的梦想之路坚定走下去。

学会孤独，更要能承受他人皆醒我独醉的勇气。我们的伦理道德、我们的传统文化其威力非常之大。蒋勋先生谈道，现今的一些婚丧嫁娶已经成为一种表演，这种观点我非常赞同。比如多数农村的丧事，在大庭广众之下的仪式上，家属亲眷谁哭最伤心，貌似谁最孝顺，甚至之前对老人不孝不敬的行为，经过这一伪善地哭泣，在街坊邻里眼中不孝的评价都会被扭转。当然，不是说我们去突破所有的桎梏，因为蒋先生所谈的伦理孤独，是个太大的话题，只是说，我们需要对一些社会现象有些许所思所感。如何在坚持伦理的基础上改良伦理，是最最两难的事情。在一定的群体文化中，面对一些人、事、物以及伦理、规则等等，即使我们没有敢于直面挑战的决心，也应有孤独承受的勇气。

"孤而不独、独而不孤"的孤独，实则是一种境界、一种状态，一种成长成熟的过程。孤独，值得用一生去体会、去享受。

2015 年 9 月 18 日

悟空之道

只看本文标题,你首先想到的是什么?也许有人想到《西游记》中的孙悟空,也许有人想到"空",这就是中国文字有意思的地方。而我想谈的,非孙悟空之道,因我没有评论这一人物的水平和资格,更没有悟"空"的能力。因为"空"对中国人来说,太博大精深,倘用一生去体会,感悟也许仍是空空如也。取"悟空之道"这一主题,旨在想引出,当我们看到、听到或是读道一些东西的时候,会不自觉地将自己已有的信息与看到、听到或读道的做对比,继而猜测或是下定义。再换一个角度,抱着无知的学习态度,先将自己清零清空,再去感受对方要表达的寓意和意境,也许我们生活中的好多事情就不那么复杂了。

有则故事:一日,一位高人到庙里寻求帮助,这位高人总觉得自己是高人,对于高僧的回复总有一堆的回应,貌似自己很有想法。后来,高僧不再言语,而是在盛满水的杯子里继续倒水,最终水一直外溢。高人遂问,杯子已经满了,你为什么还倒水呢?高僧答曰,是啊,水已经满了,我为什么还要倒呢。此话一出,这位高人立刻顿悟。仔细想想,生活中我们自己是不是也有这样的情况发生。也许正是"月满则亏,水满则溢"这一警句名言,在某些方面禁锢了我们的思想,所以,质疑精神和空杯心态,还是应该有的。

老子曾谈:"三十辐共一毂,当其无,有车之用也。埏埴以为器,当其无,有器之用也。凿户牖以为室,当其无,有室之用也。故有之以为利,无之以为用。"向我们阐释在"毂"和"轴"中间必须是空的,车轮才可以转动;器具因为其空,才能盛放东西;房子因为有空间,才能供人居住和使用。这正是我们常说的"有"与"无"的哲学对话。我对空的思考,主要有以下几点。

首先是在学习上要空,就是要保持"无知"的状态,"吾生也有涯,而知也无涯"。对"无知"知识的渴求,既是一种愿望,也是一种生活状态。许多知识,我们常常知其然,而不知其所以然,学深学透才谓实。学习上要空,并不代表空学,而是更注重运用,因为知识不代表能力,运用知识才代表能力,只认学不愿用或是只会学不会用才谓之空。学习上的空,不是指学习形式的空,学习永远不是做样子给别人看,而是更注重学习的过程中自身有收获,人在心不在,或是被动学习而非主动学习,效果是可想而知的。学习上的空,还要敢于挑战权威,敢于挑战真理,而挑战的前提,应是多思考、多推理,唯有这样科学技术才会革新发展。

其次是在心态上要空,就是要有空杯心态,能虚怀若谷,并能知足常乐。要能容、视野要宽、大局观要强、格局要大。我们为什么喜欢小孩子,因为他们乍到人间,一粒糖、一块水果、一个玩具,就能满足其欲望。再大点儿的孩子,会背一首诗、会唱一段歌、会弹一首曲子、会骑单车等等,都会有一种极大的满足感。我们成年人,确实要向孩子们学习这种状态,学会享受生活中的每一件小庆幸。我们时刻扮演着很多的角色,心态要空,还要学会清零。最简单的例子,就是工作中遇到烦心事,不能把不好的情绪带给朋友家人，也不应因为家里的不顺而把不良情绪带入到工作及与同事的相处中，要学会角色转换后的清零，不然非但不会享受，反而被生活所累。

　　再次是对人对事要空。工作生活中，我们很容易戴有色眼镜论人论事，尤其会拿一个固定角色评价一个人，或是评判前先预设动机，这样一是影响问题解决，二是影响关系和谐。而对于做事，我们生活中有太多的干扰、规矩、社会文化有时会左右我们的思想，进而影响我们对初心的追求，影响梦想实现。对于年轻人，更要有光脚走路的勇气去尝试，失败了大不了从头再来，不然若干年后拿什么回味青葱岁月。对事要空就是要倾听自己内心的声音，不盲目从众，培养特立独行的精神，敢于做异类，唯有这样，才能有从 0 到 1 的创新。对人对事要空，非但不是目中无人，更是目中有事有人，是对己对人的一种至高的尊重。

　　总之，只有我们张开双臂，将自己的心态放空去面对生活，才能感受和体会生活最真的一面。

2015 年 9 月 25 日

生活在于体验

"体验"一词在《现代汉语词典》中的解释为"通过实践来认识周围的事物"。小时候,在我们牙牙学语尚不能走路时,我们即开始了对生活的体验。例如通过只言片语甚至肢体语言,我们便能感受到大人们是何种反应和回馈;通过味觉体验,我们能知道哪些东西好吃、哪些东西不好吃,哪些东西能吃、哪些东西不能吃;通过感官体验,我们能知道自己喜欢什么不喜欢什么。"世之奇伟、瑰怪、非常之观,常在于险远,而非有志者不能至也",说的是有志者才能有的体验;"必先劳其筋骨、饿其体肤、空乏其身",说的更是成大事者必须经历的一种体验。

酸甜苦辣咸,构成了我们的生活,倘是五种味道中的某一种享用多了,其他四种味道来上一点,会顿觉美好,就像大鱼大肉吃多了,便觉清淡之肴爽口。这其实就是人之为人的一种祈求或是欲望,即希望体验更多的生活,是人的本能需求。

不经历失败,体验不出成功之不易。就像人生是幸福与不幸的综合体,幸福与不幸应有着适当的比例,倘若比例失调,我们就会感觉到不完美。抑或是,我们的人生,本没有所谓的比例失调,因为我们在这方面得到的多,在另外一方面得到的必定会少。而失败与成功是一对孪生姐妹,越经历失败,会越珍惜成功来之不易。我们大都向往成功,但有时虽然得到了，内心反而会出现少许的空虚与失落。说到底，是因为我们更享受追求某一梦想的过程，体验并享受这种得到与得不到之美。回望我们的生活，为我们留下深刻印记的，定是创业那段经历、考研那段经历、追求某男某女那段经历等等，并不一定是实现愿望后的成功。所以，当下你正经历的幸福与不幸，都值得我们去享受、去用心体验，因为这才叫生活。多数哲学家认为，人生并没有意义，是我们为之赋予了不同的意义。我想，生活亦是如此。

不经历病痛，体验不出生命之可贵。有位朋友从重症监护室转到普通病房后，为大家群发了条短信，大意是大难不死感谢亲朋好友的一段话。具体内容我已忘记，但彼时其对生命的渴求，触动了我对生命的新的思考。我们往往都不怎么珍惜健康的身体，或是不珍惜生命，为急切想要得到的东西不顾一切地去争取，甚至去透支我们的身体，到头来梦想实现了，身体却垮了。在人生长河中，如何使自己的生活可持续地发光发热，如何养成有益的习惯，应是我们应思考的问题。有人说，我活到七八十岁还能精神矍铄地干自己喜欢干的事情，得益于长期跑步的习惯。常听身边朋友说"某某某为什么是某一行业的专家，是因为和他年龄差不多的同行大都去世了"。这句话虽是玩笑，却也折射出生命长度自有其人生哲学。所以，虽然我们无法预料生命的长度，但我们可以通过做些有益的事情而增其厚度。

不经历孤独，体验不出内心之丰富。外向的人，更多的是享受热闹的生活；内向的人，则是更加享受精神世界的丰富多彩。在快节奏生活的今天，我们多是沉迷于多彩的世界，某天生活安静下来，却不知道如何面对。大城市生活久了的人，多喜欢田间的一片寂静和鸟语花香，但在这种环境中待得时间长了，定会觉得生活不便。这种情景，时刻体现人们需求的多样性。但无论怎样，我们还是应学会独处，在举杯相聚时，我们的对话对象仅限于三五好友，只有在独处中，我们才会过电影般地对话所有的朋友。通过阅读能与不同时空的人物对话，而通过思考、通过写作，我们还能与自己的过去、现在和将来对话，这种生活体验非在独处中不能享受。

　　所有的一切都是体验，抱着这一态度，去体验生活，想必对生活会有更多的感悟。

2015 年 10 月 4 日

时代呼唤特立独行之精神

第一次知道"特立独行"这个词语，大约是在半年前，读了一位网名为"特立独行的猫"写的一本书《不要让未来的你讨厌现在的自己》，当时的感觉是，这一网名有个性，好记，又很有深意。对于特立独行的解释是"泛指特殊的，与众不同的，普遍形容人的志向高洁，不同流俗"，"士之特立独行，适于义而已，不顾人之是非，皆豪杰之士，信道笃（全心全意）而自知明者也"，"独来独往，怪，我行我素，独树一帜"等等。我认为，特立独行不是不合群，而是不同流合污，有梦想、有信仰、有真性情、能坚守、拥有独立自主、自足、享受自我等等诸多品格。前段时间，非两院院士、无博士学位、无留洋经历的中国首位诺贝尔奖获得者屠呦呦，长期"孤独"地坚守在科研之路的种种报道、评价、点赞等刷爆了微信朋友圈。我认为，其成绩主要应归于屠呦呦身上这股特立独行之精神。

首先，特立独行，要有自己的思想，有自己的想法。对自己的生活有想法、对工作有想法、对正在做的事情有想法。新精英生涯创始人古典老师曾说过很有哲理的一句话："成长，长成自己的样子。"我们既然被造物主造就了不同的个体，终归要有不同的成长轨迹、不同的生活方式、不同的思维模式，进而造就不同的人生。近年来，学业规划、职业规划、生涯规划、人生规划等词语，不仅仅被中学生、大学生所熟知，越来越多的社会人也在规划着自己的生活，比如跑步健身、读书、经营家庭等等，都或多或少地在践行规划理念。然而不论怎样，我们依然要有自己的思想，我们想成为什么样子，终归需要我们自己考虑，而不是别人怎样我就怎样。

其次，特立独行，要学会甄别，不人云亦云。不能不说，生活中不乏有人注重别人爱听什么就说什么、领导喜欢什么就做什么、网上流传什么就信什么。没有理性的思考，没有我之为我的特质，人云亦云就是其特质的写照。比如，在朋友圈转屠呦呦报道的人很多，评论也很多，但评论后我们还能做什么？能在自己的范围内，践行一些屠呦呦这种特立独行之精神，哪怕是一点点，这才是最珍贵的东西。不人云亦云，要求我们要理性地看待问题，全面而非片面地做出评价。不人云亦云，就是要始终保持自己的个性和特质，不迎合别人，想问题办事情遵循内心，任其别人度量，我自知长短。

再次，特立独行，我们的一切都要靠自己。不论我们的学业、我们的行为习惯、我们的家庭、我们的工作生活等等，要养成一切靠自己的习惯，这是特立独行的基础。如果凡事都要依靠别人、凡事只看重别人的意见，只能被称为没有主见。人们大都想驾驭生活的全部，总盼望孩子能按家长的愿望成长、周围的同事按我们的意愿行事等。而实际上，改变一个人是很难的，也许是最难的事情。我们无法改变一个人，我们能做的，只能是自己改变自己，通过自身的改变，进而影响别人。所以，把救命稻草压在别人身上，最后的结果只能是自己的生活被别人绑架。

特立独行，还要学会挑战世俗的眼光和评判。说到底，挑战别人、挑战规则、挑战社会，不如说是挑战自己，挑战自己的勇气、挑战自己的标准、挑战自己的坚强。我们经常在网络上看到，我们的灵魂跟不上我们的脚步。对于这句话，也许不同的人会有不同的理解，而我认为，这句话是提醒我们需要审视我们的发展规律以及人的成长规律。在快节奏的今天，我们很多时候值得慢下来感受生活。犹如餐后的甜点、午后的咖啡，这种惬意非慢下来而不能享受。慢下来，是为了我们走得更快。当我们面对的可能性和选择性越来越多、需要占用时间的事情也越来越多时，我们越需要静下心来去思考"我真正想要什么"。

  特立独行，是一种生活哲学，一种做自己最真实的存在状态。时代的发展、社会的改良，呼唤特立独行之精神。

2015年10月6日

己所欲，勿施于人[1]

"己所不欲，勿施于人"出自《论语·卫灵公》："子贡问曰：有一言而可以终身行之者乎？子曰：其恕乎！己所不欲，勿施于人。"意为"如果自己身体不想要的结果或精神不情愿被这样对待，就不要使得别人遭受不想要的结果和得不到想要的对待。"对此句名言，大家并不陌生，熟悉到无人不知，且经常借用、引用，并会以此警醒自己。而周国平老师在《人生哲思录》一书中曾谈道"己所欲，勿施于人"，并指出："我们应该记住，己所欲未必是人所欲，同样不可施于人。如果说'己所不欲，勿施于人'是一个文明人的起码品德，它反对的是对他人故意伤害，主旨自己活也让别人活，那么'己所欲，勿施于人'便是一个文明人的高级修养，它尊重的是他人的独立人格和精神自由，进而提倡自己按自己的方式活，也让别人按别人的方式活。"对我而言，经常用"己所不欲，勿施于人"告诫自己，也会经常在写东西时引用，倒是周国平老师的"己所欲，勿施于人"这句话，引起了我更多地思考。因为稍放思绪，慢镜头回味我们的生活，貌似"己所欲，施于人"的情况还不少。

作为父母，我们都期望自己的孩子将来能如某位有出息的人一样，学习好、身体好、性格好、有礼貌、有特长、

---

[1] 此文2015年10月14日被"周国平微信公众号"收录发布。

多读书、会生活等等,这应是"己所欲"。父母为着自己心中的梦想,抑或是自己未成之愿,激励并鞭策孩子,应如何用功、如何坚持。不妨自问一下,前面的"己所欲",我们做父母的有几条能做到呢。作为社会人,我们大都希望有更多的同党,即总希望有更多的人在理念想法、思维模式、工作方式、为人之道,甚至是作息时间上和我们雷同,总觉得只有这样,我们的个人价值才能得以充分体现。然而,只有不同的思维、不同的理念、不同的想法、不同的性格等诸多的不同交织在一起,才构成了我们丰富多彩的生活,否则,我们的人生就不会这般令人回味无穷。

周国平老师所谈"己所欲,勿施于人",我认为其核心应是尊重人的个性发展,因其已明确指出"提倡自己按自己的方式活,也让别人按别人的方式活"。这和我们经常谈的"百花齐放、百家争鸣"、"要尊重人民的首创精神"等思想是一致的,理应是我们秩序改良、社会生活进步的最大动力源。有人说,我们应该给孩子的是爱而不是思想,孩子自会有自己的思想。也有人说,天底下最难的事情是自己改变自己。但我认为,最难的是改变一个人,因为我们只能自己改变自己,进而用自身的改变去影响别人、感召别人,这符合"教育理念其实很简单,说到底就四个字,即'言传身教'的教育思想"。举例来谈,要求孩子做的事情,父母首先能做到吗?要求学生养成的习惯,老师的行为世范力量足够吗?要求下属应踏实工作并开创性地完成任务,团队领导做的够模范吗?

提倡"己所欲,勿施于人"思想,是不是我们就都各行其是,完全个性化发展了?我们共同的社会理念,比如社会主义核心价值观是不是就无法统一、无法贯彻落实了?其实不然,我认为这并不矛盾,如果人之为人的梦想倘不能实现,中国梦也将是无稽之谈。中国梦最可贵应是将个人梦、家庭梦、单位梦、民族梦等交织在一起,汇成中国梦,你中有我,我中有你。事物的普遍联系,终归是分不开的。一个单位、一个组织倘能发展好,氛围和谐,必是将组织发展与个人发展做到充分的关联,且是考虑到与每个人的关联。现今是大数据时代,何为大数据,就是考究的样本足够多,甚至是全部,有时候貌似无足轻重的样本数据,则恰恰暗含了大数据的本质。

体会并践行"己所欲,勿施于人"这一理念,首先不应有驾驭思想,要充分尊重我们周围的所有人,无论是孩童与老人,还是下属和弱势群体,我们都应充分尊重,即使是有缺点的人,我们也应多尊重其优点长处。学会为别人鼓掌,尤其能给对手或敌人掌声的人,才是生活真正的智者。其次应有群众思维,充分听取意见、充分调查研究,只有充分民主,集中才会有效,也只有充分接地气,解决问题才有效果。

无论是"己所不欲,勿施于人",还是"己所欲,勿施于人",都是我们应遵循的,也理应多思考。然而我们的生活,怕就怕在"己无欲",自己对自己的话语和思维没想法,人云亦云;自己对自己的工作和生活没想法,家长老师说什么是什么,领导长辈让怎么干就怎么干。更可怕的是"己无欲,施于人",我们身边不乏有人拿着专家观点、领导玉言等等,和我们高谈阔论,对我们指手画脚,倘是这样,则只有百害而无一利了。

"己所欲,勿施于人",确实能带给我们很多新的思考,因为我们对"己所不欲,勿施于人"这一名言已经习惯了,虽一字之差,则内涵迥异,让人顿生曲径通幽之感。这正是中国文字的魅力所在。

2015年10月9日

微信公众号精选留言

小小：己所不欲，勿施于人是礼貌；己所欲勿施于人是尊重。在境界上，后者似乎更好一筹。理来源于生活，也终归于此。

悦雷：己所不欲，勿施于人，己所欲，亦勿施于人！

春暖花开：尊重别人，所有的施与不施都要建立在尊重基础上。

許藝華：因为不够了解别人，因而好心不能确定办对事，所以还是不办的好，也是对人的尊重。

简·爱：喜好自如！即是生命之美！

知行合一：尊重、善良是行事为人的根本。

艾红磊：提倡己所欲，勿施于人的道理，才能有更好更快地发展势头。

雪飞儿：身为父母的我们就是一直这样己所欲的要求孩子，反思哦。

自信的泡菜：特别是中国式大人，随时随地给人开人生大讲堂。

冰雪：己所不欲，勿施于人；己所欲，勿施于人，人品更高一筹。诚然，无论施与不施，更要看是否尊重对方的需要。

焕：也许每个人的心里都住着一个国王，本能地去发号施令。

默阳：物有两面，"己所欲，施之于人"有意可曰"引导"，非是，却如是！

自信的泡菜：见识短的人都携带着一口井去生活，然后天天拿自己的井去套别人，给别人灌鸡汤。

张建平下午：这个世界每个人都是独特的，不可能让别人按照自己的意愿去行事,并且我认为这是起码的认知,否则即使强加于人也是徒劳。

落日印象:一言以概之:世上没有救世主,只有自己救自己。

彭家小兆:想到自己经常会碰到这样的事情,自己觉得有益、很棒的事情,也希望别人能得益并体验到自己这种感受,自己不喜欢的事情也需要别人了解与认同。但是每个个体都是有来自环境的各种差异,每个人的想法及感受未必能相同。己所欲时,可以分享但勿要强迫让人接受并认可;己所不欲时,勿将同样的痛苦带给别人,但是换位思考,当别人施予时,我们不应该在未经斟酌而盲目去评价,武断下结论,尊重个体选择。

锤子:圣人不仁,以百姓为走狗。

析城山人:己所欲,施于人者,无善。

花柳残春:作者透彻的理解了"己所不欲,勿施于人"、"己所欲,勿施于人"的含义。两句话只有一字之差,却境界不一样,后者更高于前者。它提倡个性的发展,每个人都能按自己的方式生活,尊重他人的"独立人格和精神自由",让每个人都能实现自己的梦想和人生价值。

原上草:己所欲,勿施于人,比之己所不欲,勿施于人有更高的境界,充分体现了对人个体差异的尊重!

学会宽容

宽容,词典释义为"允许别人自由行动或判断;耐心而毫无偏见地容忍与自己的观点或公认的观点不一致的意见。宽大有气量,不计较或不追究。""海纳百川,有容乃大",喻义我们要豁达大度、胸怀宽阔,这是一个人有修养的表现。仅从字面释义来看,我们很容易理解"宽容"一词,多指向外界的人和事,即我们常说的对别人、对一些事情,要有包容之心、要能容忍别人等等。而我认为,宽容既要指向外,又要指向自己,即对人对己都要学会包容。

对人宽容,主要分两种情况,既包括宽容别人的不足,即容人之短,能原谅;又包括宽容别人的优点,即容人之长,不嫉妒。失败是成功之母,这是我们都懂得的道理,但往往我们很容易给予成功者掌声,难于为失败者点赞。有时承受失败的痛苦,比成功后的喜悦更难能可贵、更令人动容。在从众的环境中,或是在多数人都循规蹈矩的情况下,总有人希望别人想做之事做不成,对别人的成功心生嫉妒,这就是不能容人之长。不能容人之短,则是往往觉得别人这不行、那不行,总想别人能按自己的规矩出牌办事,实则是驾驭心、控制欲较重。实际上,我们是在尊重别人的过程中实现自尊的。宽容别人,还要给予别人成长的时间和空间,我们无法一下子成为一生当中想成为的那个人,何况别人。太急迫想得到一些东西,往往会助长我们的功利心，走得太快有时反而会影响进步的速度。

　　我始终认为，万事万物之所以存在，都有其存在的土壤、有其生存的道理。人世间的世态炎凉、生活中的五味杂陈、各色人的千姿百态等等，同样有其存在的人生哲学，也只有这种"百花齐放"，才是真正的人生，我们只有抱着宽容的态度去看待这个社会，才能感受人生的真实。而对社会、对生活、对世事的宽容，说到底大都还是对人的宽容。

　　除对人宽容外，还要对己宽容，宽容自己的出身、宽容自己的容颜、宽容自己的好与不好等等，亦有悦纳自己之意。在快节奏、功利化越来越强的当代社会，我们很容易受到外界的干扰，很容易和别人比这比那，养成一定的攀比习惯。而对己宽容，是要自己扎实走好每一步，不按世俗的眼光逼迫自己，真正成长为自己想成为的样子，有股"不忘初心，方得始终"的情怀。诚然，宽容既不能逼迫自己，亦不能纵容自己得过且过，而是充分认识自己、把握自己、掌控自己，且能享受自我、享受当下。

　　我自己并不是一个宽容的人，包括容人、容事与容己，写下以上思考，旨在警醒自己，要时刻保持学习的态度，试着学会宽容。学会宽容，是需要一生修炼的事情。

2015 年 10 月 11 日

做一名麦田里的守望者

我始终庆幸自己出身平民,这让我深刻体会和感悟中国农民之淳朴,也让我更多地思考中国的农事规律和稻田文化。生活在于体验,我们的成长轨迹终归逃脱不了周围环境的影子,我们的思想,也离不开自身对生活的体验和感悟。

土地旱了须及时浇水,涝了须尽快排水,哪怕是耽误了半天的光景,也许到头来就会有不一样的收成。对播种、施肥、除草、剔苗、移栽、除虫、授粉、收割时令等的把握,甚至哪块土地适宜种什么庄稼,农民都了如指掌、掐指可算。而这些经验的获得,来自于乡亲们多年的经验教训、来自于乡村的文化传承、来自于社会的需求规律等等,不一而足。至于选择种什么,而后的收成怎样,则多在于自己对自个麦田的守望。这里的守望,是"种瓜得瓜,种豆得豆"、"日出而作,日落而息",而不拔苗助长,这正是中国稻田文化的可贵之处。

不忘初心,方得始终。从某种意义上来说,有好的收成应是农民们最纯粹的愿望,一旦在自己一亩三分地上播上了种子,就一心为着最后的收成而努力,此时别人土地上其他种类农作物长势再好,也无须比较。而我们现在很可怕的是今天想要瓜、明天想要豆、后天想要菜,却偏偏对自己土地的酸碱度不甚了解。更可怕的是,有些人连初心都缺乏，甚至不播下种子，只是来这块地看看，到那块地侃侃，就算是自己用功了，就要让别人刮目相看了。而对于基层农民，村子里谁是种哪种作物的行家里手、谁较为勤奋、谁敢于尝试、谁能带大家跑销路，家喻户晓、众人皆知。虽说中国农民有其劣根性，但更有其可贵之精神，不然我们的中华文明何以流传至今。哪个群体都有可贵与可恶的一面，这好比硬币的两面，两面都一样，自然是伪装的假币了。

周国平老师曾谈道，"守望者"的职责是与时代潮流保持适当的距离，守护人生的那些永恒的价值，瞭望和关心人类精神生活的基本走向。并说守望并不是旁观，相反对于潮流的来路和去向始终怀着深深的关切，虔诚的守护着他们心灵中那一块精神的园地，他们所看重的是人生最基本的精神价值。周老师在这里谈的更多的是精神的守望。而麦田里的守望，表面虽是对庄稼收成的关切，更多的是物质的守望。但我想，哪一个农民没有梦想呢，想必对麦田的守望是其为实现梦想而迈出的一步步坚实的脚印。

做一名麦田里的守望者，且能实现自己的价值追求，首先要有梦想，知道自己想要什么，是最基本的前提。其次要了解我们田地的酸碱度，即了解我们的自身条件，让梦想与实际相连，扬长避短，培养自己的特质，追求自己力所能及的生活，而不是一味从众。再有就是坚持，既要有水滴石穿、磨杵成针的精神，又要有"会当凌绝顶，一览众山小"的勇气，我们的生活习惯，我们的品格魅力等，很多情况下都是来自于我们自觉和不自觉的坚持。坚持久了，就成了一种习惯，一种外人无法替代的特点，一种人之为人的特质因素。曾获得过超级演说家冠军的北大法学院刘媛媛，在一次演说中谈道："希望我们所有的90后，一辈子都疾恶如仇、绝不随波逐流、绝不趋炎附势、绝不摧眉折腰、绝不放弃自己的原则。"并在演讲中告诫大家:"如果再有人向你说,年轻人你不要看不惯,你要适应这个社会,这时候你就要像一个勇士一样去面对他,并告诉他,我跟你不一样,我不是来适应这个社会的,我是来改变这个社会的。"多么可贵的90后精神,我想这就是作为90后的大学生,对自己麦田的守望,在对自身价值追求的过程中淋漓尽致的体现。正是这种守望,我们的社会才能得以改良,生活才会有进步。

做一名真正的麦田里的守望者,有时无关最后的结果,即使收成不好,也值得回味,值得给予掌声,因为守望的可贵之处,在于守望的过程。正如我们对人生的追求,难能可贵的光景永远是在追求成功的路上。所以,无论我们想要什么样的生活和人生,只要是我们已经在路上,都值得庆贺,都值得守望。

2015年10月13日

在普通的生活中感受美

越来越觉得,一本好书应是能促使一个人深入思考的书。读周国平老师的书,好似与大师对话、又好似与自己对话,会让你感受到生活处处是哲学、哲学处处是生活。这些深奥的哲学理念,恰恰在最普通的生活中得以体现。我想,这也是所有知识的应有之意。说到底,所有的知识与技术,都应是为我们每个活生生的人服务的。科学技术、文学、哲学等等都是如此,因为离开了生活、离开了我们对生命最根本的体验与感悟,一切的一切都将是子虚乌有。蒋勋先生的《品位四讲》,更是通过食之美、衣之美、住之美和行之美,让我们感受"天地有大美"。我的感受是,天地中的大美,来自于我们最普通的生活,最真的美,永远藏匿于最普通的生活中,或者说,我们应在最普通的生活中感受最真的美。

我的两个孩子很喜欢吃我做的可乐鸡翅,每每在做这道菜时,从选材,到材料加工、翻炒,调整料汁的比例,大火烧温火炖、出锅上桌,再到俩孩子迫不及待的眼神,以及为什么他挑的鸡翅个儿比我的大、他吃六个我不能吃五个、给他拌米饭的三勺汁儿多于给我的等等,从制作过程到俩孩子"比学赶超"的吃相,每每回味,都觉得这就是生活中的大美。陪孩子学练跳绳、拍皮球的过程,想想孩子对挑战成功后的喜悦,自己也觉得心里美美的。我喜欢为孩子拍照,正是这一喜好,从孩子出生即抓拍孩子各个成长阶段的美好镜头。场景有家里的、小区的、公园的、田间的等等。抓拍的瞬间有嬉笑搞怪的、有拍球跳绳的、有跳舞练琴的、有读书写字的,等等,当然,有时为了拍照,也惹得孩子不高兴,现在想来,这也是一种美,因为若干年后孩子再回味起这些照片来,哪怕是看到自己当年不开心的样子,他们也定会觉得很美,因为这是童年的记忆。记录最真的生活,无论是用图片,还是文字,我认为就是记录了生活中的美好,因为有些记忆,记下了也就记下了,倘不记下,悄然一个画面、一个意念,过去了也就过去了,不记下来就再也找不见了。有些东西,即使再现,也定不是当初的心情了。比如,把俩孩子五六岁学骑单车的经历用镜头记录下来,这一记录就有无可替代性。在学的过程中,女儿因为个子比哥哥稍矮,骑车技术当然没有哥哥掌握那么娴熟。女儿在我的帮助下,车子发动后在骑行的过程中掌控还是不成问题。但倘是想停下,女儿就会很担心很紧张地叫爸爸快点儿过来帮忙。有次带孩子在操场学骑单车,哥哥放好自己的车子,告诉妹妹停车技巧,我在一旁大胆地鼓励,说爸爸教发动车子,哥哥教停车。当时我一心用镜头在记录,两个孩子没有握好单车,摔了下来。最后的结局是车子躺在了地上,两个孩子都安然无恙,还能站着。这一生活镜头,简直是美中之美。当然,也有孩子觉得不美的时候。有时候捉迷藏,故意让孩子找不到,孩子此时总是因惊慌不开心,俩人你一拳我一拳地向我泄愤,此时的不美,若干年后再讲起来,我想也定有美的味道。

记得有一年国庆回家,看到家中金灿灿的玉米棒,一片被柿子压折的柿子树枝,红彤彤的朝天椒,我从城市带回的喧嚣,此刻只化为了对大自然的欣赏。这种美,既是丰收之美，又是父母辛劳之美、恩情之美，更有浓浓的乡愁之美。而当我把母亲挑的个大形美的柿子带回所在的城市，把母亲所挑选的最好的红辣椒给亲近的朋友分享，这种丰收美、恩情美、乡愁美更是体现得淋漓尽致，仿佛普通的柿子、辣椒变成了伟大的艺术品。夏天回家，摘几个自个儿田地里种植的西瓜，品上一口，不仅是满口的甘甜，更是生活中的大美。记得孩子没出生之前，我的母亲和岳母就为俩孩子手工制作了一些衣服、鞋子、床单、褥子等等，当时我和爱人一个个将他们展示出来拍照留念，现在想起也依然觉得心情大美，这种美既是对新生命的期待美，又是母爱的恩情美。

　　值得回味的生活，一切都是美好的，一切的生活，又都是值得回味的。十年前，我和一名体育老师，也是一位知心友人，第一次代表学校带领8名学生到外省参加定向越野比赛，比赛地点是成都。十年后的今天，我和这位友人仍在学校任教，其他8名学生都各奔东西打拼自己的天地。虽是十年前的光景，但十年后的聚会上回味起来貌似昨天。从下火车后第一顿饭的辣、第一天晚上川大操场的跑圈训练，到后来大家多次吹着大风扇享用四川麻辣烫、甚至还不止一个人入乡随俗地光着膀子吃，再到芙蓉古镇比赛后的畅饮醉酒，峨眉山的戏水逗猴，每次吃完麻辣烫后的结账数签，协办方四川烹饪高等专科学校所提供的美味自助，阴差阳错的获奖等等。还有从去时的火车上我们用面包片抹沙拉酱，到返程的火车上我们用面包片抹辣椒酱，连我这个不怎么吃辣的人，也和大家一起发生转变，并有滋有味地享受辣之美。和大家短短相处一周的时间，个别学生当时是第一次认识，现在貌似回味起来那段时光，能聊上一两天时间。十年的光景，我的工作岗位也几经变迁，办公室也换了又换，但一直跟随我且在文件柜玻璃窗里一直陪伴我的，是学生送我的用最普通的相框装裱的那张大家在峨眉山山谷、在纯净的山泉水里打水仗嬉戏后的一张合影。每次欣赏，都是满满的回忆、美美的人生旅程。我一直深刻地认为，生活中最真的美，均是来自于这种对最普通生活的体验和回味。我们对某座城的情感，往往是因为某个人，或是某群人。因为这座城里的一些事、一些光景值得我们回味。

生活中的美与不美，有的是社会评判、有的是旁人眼光，但生活中真正的美与不美，永远在于我们每个人自己的体会和感悟。有人说"生活中不是没有美，而是缺少发现美的眼睛"。我还想加上一句，那就是生活中不是没有美，而是缺少发现美的眼睛，更是缺少感受美的心情。

2015 年 10 月 20 日

行走在"不行"至"行"之路

拾碎

总有这么一种感觉,我们的人生,好似一直行走在行与不行之间。就像是深山里走出一名大学生,全村人都会说:"这孩子行,山沟里的金凤凰,早晚能飞出去。"当我们身边的孩子会流利地背唐诗、弹奏悦耳的曲子、展现优美的舞步和令人心怡的书法时,我们就会评价说这孩子不错、这孩子行。工作中,我们也不免经常评价某一同事行与不行,也时刻被别人评价说行与不行。

随着孩子的成长,有时真会觉得自己老了。有段时间孩子在背唐诗,一周能背两三首,为了激励孩子,有时我也一起背。碰到比较熟的诗,我自是看两眼就能背起来,孩子可能得花一些时间才能背熟。而对于我认为不好背的诗,或者原来没背过的诗,孩子依然是花相同时间就能背熟,而我却怎么也背不会,每每此时我就甘拜下风。但我会借此鼓励孩子说,人对记忆力训练的最佳时期,是小时候,随着年龄的增长记忆力会逐渐减退,但理解力会随之增加。总的来说我们每个人的成长进步都在螺旋式上升,因为这是事物发展的普遍规律。

对一些新情况、新问题,我们是从不认识到认识、从认识到熟知,用通俗的话说就是由不行到行。如某个部门、某一组织发展的越来越好,犹如我们国家的经济实力和文化软实力在国际上越来越有影响,这些都可评价为由原来的不行，到现在的认可，即大家认为的行。毛泽东在莫斯科接见中国留学生时曾说："世界是你们的，也是我们的，但归根结底是你们的。"我们常用这句话激励青年人和下属，但青年人又总容易被这个社会冠以不行或是在某方面不行的帽子，最典型的是当今对90后诸多的所谓不行的评价。而《轻有力：用90后思维管理90后》作者韩庆峰老师在一次活动沙龙中说："我们一定会被90后拍死在沙滩上，不同结果只是要么死得很惨，要么死得姿势很优美。"每每思来，总觉得这话寓意深刻，他在时刻提醒着我们，不要总是凭经验办事、不要倚老卖老，也不要认为工作生活中有那么多的应该。

但现实生活中，总有人觉得自己行，且无论在哪一方面都很行的样子，如觉得自己学术影响不错、人际交往很广、大家评价很好等等，这是一种状态。还有人总认为自己不行，总认为自己语言表达不行、文笔不行、执行力不行、威信不行等等，这是另一种状态。也有人觉得自己在某一方面行、在某一方面不行，如有人会觉得自己工作上行、但孩子教育上很失败，也有人会觉得自己家庭经营上很行、但工作不行。有人会觉得曾经辉煌过，但现在不行了，或是原来不行，现在混得不错。也有人觉得被别人评价行时觉得自己行，被别人评价不行时就觉得自己不行，各色人等，构成了我们身边多彩的生活，映射着我们丰富的人生。最近网络上有句流行语说："如果你是老板，你会不会聘用现在的自己。"很有玩味，值得思考。

曾经有次和一位建筑类高校的一名院长参加一次学术活动，闲谈中得知，这位院长经过近几年的发展，把学院的学科发展分了若干个方向、组建了几个团队，运行的如何如何。现在考虑近两年再捋顺一下，就从行政职务退下来，一门心思搞学问，目前已经有几本书等着写，还有要深入研究的课题等等。并且说目前聘任的是行政岗而非教授岗，把非常紧张的教授岗让给了普通老师。这种追求、这种境界，立刻让我对这位院长肃然起敬。高校教师做到这般境界的人，实属凤毛麟角。一方面我们要敢于做自己，选择自己想要的生活；一方面要倾听别人对我们行与不行的评价。而到了一定境界，别人所给予的行与不行的评价是无须看重的。这里的无须看重，也有两种境界，真行的境界和真不行的境界。

　　生活中的行与不行，我认为有时候体现更多的是自己的一种感觉。因为我们有时候觉得自己很行的时候，会被周召的环境认为不行，有时甚至会被冠以有悖社会伦理。而又有时候我们觉得自己不行时，反而会被大家认为行。这个社会太有趣，自己对自己认为的行与不行，和领导同事对我们评价的行与不行交织在一起，很容易左右着我们心情的舒适度。而在这一复杂的情况下，如何平衡自己的心态，乃至自己的生活方式、自己的人生定位和人生选择，很简单，就是让我们的内心得到安宁，让自己的灵魂随时能找到家的感觉。

　　现实生活中存在另一种状态，总有少数我们认为不行的人，还总觉得自己行。我们会时常听人说，做人做事要对得起自己的良心、对得起自己的岗位职责，并把这作为衡量自己的根本标准。当然我也这样要求自己，并且也觉得自己做的对得起自己的良心。但谈道良心一词，往往我们在评价道德水准时没有具体的标准，也许我认为的良心只有三两，旁人会认为有五两。有时我在给自己评价时觉得良心有八两，也有人会评价说只有半斤的量。但我们人生几何，到底半斤还是八两，"鞋子合不合适只有脚知道"。

行与不行，鞋的舒适度如何，只有我们自己最清楚。

倘是我们一直处在不行的状态终归不好，而永远处于行的状态也属不现实。生活的可贵之处在于我们追求目标的路上，在于过程而非终点，万事万物皆如是。因此，行走于不行至行之路，既是一种生活状态，也是一种精神境界，有时候需要加快脚步赶路，有时候需要慢下来欣赏路边的风景，而对快与慢节奏的把握，是我们每个人对自己想要目标紧迫度的理解，以及对路边风景优美度的感知。

2015 年 10 月 22 日

搞不定自己,你怎么带团队[1]

从传统意义来看,管理一般容易被理解为指向外部,即管理团队、管理别人,管理者注重权威,被管理者一般不敢挑战权威、挑战领导。而现代管理学大师彼得·德鲁克则认为,现代组织管理的核心在于"自我管理"。"管理有效性"的关键,不在于有效地"管理他人",而在于有效地"管理自己";不在于"如何管理他人",而在于"如何管理自己"。对此,我感受至深。如我们常说的"身教胜于言教"、"桃李不言,下自成蹊"等等,在某种程度上,正是说明了自我管理的重要性。所以我认为,管理的最高境界,应是管理好自己,也只有搞定自己,才能带好团队。

一天晚上,我和刚上小学一年级的孩子聊天,问孩子喜欢和什么样的同学交朋友,答曰学习认真的、坐姿端正的、回答问题积极的、能为班级服务的等等。这些回答,符合我们认为的人性的特点,即一般期望别人应如何做,而自己做怎样则考虑得较少,换位思考的道理都懂,但凡事均能做到换位思考,则是少之又少。再比如,我们都希望我们的领导或下属具备责任心、有魄力、群众基础好、沟通能力强、平易近人、文笔好、知识渊博等诸多优秀品质。细思量,我们所期望的领导或下属所具备的优秀品质,我

---

[1] 此文系2015年10月海南大学第五期团干部专题培训文字稿。

们又有几条自己能做得到。我一直认为，在带领团队过程中，我们和团队成员共同成长，才能遇见更好的自己，也才能成为我们每个人想成为的样子。有一本书的书名曰《遇见孩子，遇见更好的自己》，正是说明了这一道理。

如何搞定自己？我想自己首先要有梦想。现今，很多的大学，甚至中学，都有职业生涯课，想想如果我们大谈特谈梦想的重要性，空谈理论而不能落地，当学生问我们老师的梦想是什么的时候，如果师者答不出一二三，学生内心对我们定会嗤之以鼻，也就为激发学生树立自己的梦想带来了障碍。更何况，中国梦的实现，需要我们每个人梦想的支撑。我认为，我们应至少有两方面的梦想。包括工作中的梦想及工作以外的梦想。工作中的梦想即我们在工作上的职业发展目标，想要达到的高度。而工作以外的梦想有很多，如家庭经营上的梦想、个人兴趣爱好的梦想等等。我们身边，不乏有人经常陷入繁忙工作的怪圈而不得抽身，总觉得工作越来越忙，想看书学习没时间，也越来越没时间经营家庭。我想越是这种情况，越需要梳理自己的梦想，在个人、家庭、事业、社会四个维度自己最想要的是什么，如何平衡四方面的内容，而不是只聚焦某一方面。生活本身就是一种平衡，平衡是永恒的生活智慧和哲学话题。同时越是这种情况，越需要通过学习来提升自己处理复杂问题的能力，以及看待问题的角度。

搞定自己要能坚持。在从众心较强的社会，如何寻找一项有意义的事情持续做，有时候是需要勇气的，也需要与志同道合的一群人一路同行。人们往往很难离开自己的舒适区，在我们的工作岗位变了、工作要求变了、领导变了或是下属变了等情况下，我们如何适应新环境、适应新常态，适应变化是我们应具备的基本能力。我认为，纵使客观条件千变万化,我们内心的追求不能变、我们为人处世的原则不能变、我们处理问题好的方式方法不能变。有人说,成功的路上并不拥挤,关键是要看能否坚持到最后。读书、练笔、健身以及其他的兴趣爱好,只要有百利而无一害的事情,是值得我们坚持下去的。前几日看到一条微信,说是我们如果能读够一千本书,将会没有什么话讲不了、没有什么书写不了、没有什么事情看不开,细想还是有其道理。而我们现实生活中,又有多少人对读书只有迫切的愿望,但一年到头也读不上一两本。在越来越浮躁的现实社会中,工作越繁忙,我们就越需要给自己心灵留出独处的时间,去体会和感悟生活中的美。

搞定自己还要敢担当。担当就是要有主人翁意识、责任意识等。在把方向、谋发展上,在担责任、谋福利、温暖人心上,团队的负责人要把自己当领导看,要将自己的身份提上去。在荣誉面前、在与人交往面前、在未知领域面前等,要把自己作为普通人来看,有甘当小学生的精神,要将自己的身份降下来。在台上时,要有随时下台的心态和境界,在台下时,要有随时上台的勇气和决心。这是我们团队中每个人需要一生修炼的生活之道和处世哲学。

诚然,提高领导力也有很多的技巧,如团队建设、沟通技巧等等,都值得我们去学习、去提高。而团队成员中这样那样的问题,也需要我们去协调、去引导。真正高效的团队,是团队中每个人的优点长处都能得以发挥,每个人的人生价值都得以体现,每个人都能积极工作并享受自我,这样的团队既是高效的,也是令人向往的。在一个职业生涯规划工作坊,玛丽莲·阿特金森博士说:"人们需要自己找到自己的方向。如果孩子、学生按照你的建议做很奏效,以后对方有问题就会找你给建议;若不奏效,对方就会埋怨你。人们需要找到自己的道路,自己的方式,我们可以协助,我们要做的是启动他们的愿景。我们要做的是让人聚焦到自己的道路上。"我想,这就是带团队值得借鉴的,很有益也很必要的一种方法。

　　生活中,最难搞定的是自己,最需要搞定的也是自己。而搞定自己,最重要的是搞定自己的内心,内心对金钱、荣誉、地位及人生目标的追求,这些对物质与精神的追求搞定了,也就搞定了自己。也只有这样,才能给人一种花开绽放的姿态、一种幸福的感觉。而这种生活的智慧,就是一种气场,一种无须多言即能感染身边人,并激发身边人正能量,促使人们思考并身体力行的动力源。

2015 年 10 月 31 日

让梦想照进现实[1]

梦想是我们每个人都会有的，小时候有小时候的梦想、学生时代有学生时代的梦想，梦想又会随着年龄、环境的不同而不同。何为梦想，我想应是在知己知彼的基础上，为着心中的目标，靠自力更生去努力、去奋斗，重在由梦想到实现的这段历程。在这点上，梦想与幸福给人一种相同的感觉，一旦幸福实现，或梦想实现，当初那种想得到而未得到之美，也就随之被淡化了。既然过程给人的感觉如此美好，那么梦想就不只是做梦似地停留在梦或想的层面，而应是追逐梦想的路上。想要实现梦想，我想应考虑以下三方面内容。

一是树目标，梦启动。经常会有人说，我不想要这个、不想要那个，而真正静下心来，扪心自问，自己到底想要什么，又无从回答。人云亦云，一味从众的情况非常多见。我们每个人只有为着自己心中所想而活，才会有滋有味。面对新事物、新环境，成功人士看到的往往是机遇、是可能性，而只看到困难和障碍的人，从一开始已注定失败。"重将来而不重过去；重视机会，不能只看到困难；选择自己的方向，而不盲从；目标要高，要有新意，不能只求安全和方便。"这是彼得·德鲁克所谈要事原则的四要素。对于

---

[1] 此文系2015年10月海南大学新生学生干部专题培训文字稿。

目标设立的指导原则（SMART 方法），大家非常熟悉，即"目标规划的 Specific：具体的，明确的，不能含糊不清。Measurable：可以量化的，能够明确评估。Achievable but challenging：可实现性，同时具有一定挑战。Rewarding：有意义，有价值，积极的，服务于某个大目标。Time-bound：有明确时间限制的。"因此，我们应按照这一原则通过对小梦想的梳理及小目标的制定，来一步步实现我们的大目标、大梦想。不论怎样，不要让未来的你，讨厌现在的自己。

　　二是排干扰，善始终。现实生活中，我们经常被外人和社会的干扰所左右，我们的情绪也很容易被外界掌控，时而情绪高涨，时而一落千丈。究其原因，主要是我们还不能完全做自己。2014 年超级演说家赛季冠军刘媛媛曾在演讲中指出："我们的人生怎样，完全取决于自己的感受。一辈子都在感受抱怨，那你的一生就是抱怨的一生；一辈子都在感受感动，那你的一生就是感动的一生；一辈子都在立志改变社会，那你的一生就是一个斗士的一生。"这段话给我的印象非常深刻，也经常在不同的场合与大家分享。这段话告诉我们要积极主动地面对人生，要善于排除外界的干扰。"不明白将来职业，没有明确的方向"、"对未来有点儿迷茫，没有太多规划"、"想锻炼身体，坚持不下来"、"英语总是学不好，每每被老师恐吓，以至于对英语产生排斥"、"尽力了却没有得到想要的结果"等等这些，是很多大学生曾经或正在面临的困惑。有人甚至经常会说"我为什么这么忙而无序？""为什么怀才不遇的总是我？"等等，总认为自己怀才不遇，这些其实都是我们现实生活中的干扰，不妨换一个角度问自己："我生活中最值得骄傲的事情是什么？""我为什么会尊重、敬佩这个人？""我应该怎样做才能让家人、朋友更快乐？"通过这种思维方式，也许会给大家带来不同的心态和结果。《一生只做八件事》一书中写道："一个人最严重的'局限性信念'是三类关于'身份'的信念：'能力性'的局限性信念，即'我没有能力……'，如'我遇事总是紧张，不能放松自己'；'可能性'的局限性信念，即'我没有可能……'，如'我这个病不会好的'；'资格性'的局限性信念，即'我没有资格……'，如'我的命生成这样，是应该受苦的'。"在这些局限性信念影响下，我们往往看到的多是干扰、是障碍，缺乏自信，不敢尝试，进而丧失了机遇，激发不出自己的潜能。而排除干扰的前提，也是最重要的一点就是知道自己想要什么，有自己的目标和梦想，而不是按照别人的眼光和世俗的标准而活。善始终是对自己的梦想要勇于实践，善于坚持，而不半途而废。能走到终点的，往往不是能力最强者，而是坚持最久者。善始终的另外一点就是永远不和别人比，要和自己比，每天进步一点点足矣。我们无法一下子成为我们一生当中想要成为的那个人，也无法一下子实现一生当中想要做到的事，但一年做到了，就是成功的一年，一天做到了，就是成功的一天。

　　三是互激励，众人行。虽然我们应该尽量保持自己的个性，尽量不被外界所干扰，但我们是社会人，永远会受周边环境的影响。孟母三迁的故事就是告诉我们环境对于一个人成长的重要性，在一个好的环境中成长，与优秀的人员为伍，都是我们的愿望，也是值得肯定的。但吸引力法则、人脉的螺旋上升模型则告诉我们，要想吸引别人、要想扩大自己的人脉，首先自己要足够优秀。生活中不乏有人常说生不逢时，经常牢骚满腹，也希望自己的环境好，但如果我们每个人都聚焦外向，而不从自我做起，所有的社会改良都无法实现，再好的愿景也只是画的一张饼而已。生命又是互动的过程，是一个灵魂唤醒另一个灵魂的过程。对方的良知，需用我们自身的良知去唤醒；对方的宽容，需用我们自己的宽容去唤醒；对方的正能量，也需要我们正能量的召唤。我们时刻都是一个教育者，也是被教育者，所以，想要教育别人，先要成长自己。教育者最吸引人的地方，也在教育别人，能更好地完善自己。在现实社会世俗的环境中，最难能可贵的是和有理想、有追求的人一起做些有意义的事情并能促使自己生命更好成长的事情。

总之，所谓梦想，不只是做梦或想想，是走在为梦想实现而奋斗之路上。没做到永远不要说我知道，只是想永远不要说是梦想。

2015 年 11 月 10 日

优秀与成功

谈及优秀,我们往往会说某个人有哪些特质,某人如何与众不同。而谈及成功,我们往往是评价某人在金钱、地位等方面有一定的成就。生活中很多人渴望将来成为一名成功人士,即便是孩童,也常被教育将来一定像某人那样成功。我认为,一些人眼中的成功,更多的是对名和利的追求。"我要成为优秀者、佼佼者,在我所从事的工作和所看重的方面追求卓越。"而事实上这种情况可谓少矣。

可以把握优秀,但无法掌控成功。优秀更多的是一种标准,一种积极向上的精神品质,是通过自己的努力可以实现的。而成功往往是外人的看法和定义。我上大学时,每年能评上奖学金的学生一般会被认为是学生当中的成功人士。但每次评奖学金总会有一些公认的很优秀的学生没有评上奖学金。当然也有些被认为不优秀者,榜上有名。我想之所以有这种现象存在,一方面是我们评价体系的标准存在问题,一方面是大家对优秀看不重,但在追求的过程中往往看重成功。有一次评国家奖学金,一名学生三番五次找老师谈,说自己如何比另几位同学优秀,自己的成果怎么比别人的好等等。我想这就是对得奖这一结果——所谓的成功看得太重。生活中,常认为自己如何优秀的人,一般是恰恰还不够优秀的一种表现。

多向内看优秀,少向外看成功。较关注身边人对自己的看法、较看重别人的眼光，是当今我们大多数人的习惯。但很多的评价，如幸福、努力、成功、优秀等等，应是自己最了解自己，理应由自己去感觉和评价，所有外人的评价都不准确，也不客观。《你只是看起来很努力》是90后作家李尚龙的作品，书中的大意是说有些人只是外人看起来很努力，实际上有些时间和精力被所谓的努力消耗掉了。我们对生活的感知，非亲身体验而不能感受，对诸人诸事的评价，褒贬不一是再正常不过的事情。犹如世界不是世界观，我们对客观世界的感知，永远不是世界本来的样子，即使再客观，也是我们每个人的主观因素在起作用。因此，对于是否幸福、是否优秀等诸如此类的话题，我们每个人都应有自己的价值取向，而不是活在别人的世界观、人生观和价值观当中。我们应为自己而活，应把关注点放在自己的努力上，而不受外人和社会的支配。对于成功，更不能被外人的评价所蒙蔽，别人以为的不成功，也许我们感觉良好；别人以为的成功，也许我们需努力的地方还很多。因此，多发现自己内在的闪光点、优秀的一面，进而坚持下去，让优秀成为一种习惯。

可以不追逐成功，但不能不向着优秀努力。真正的成功人士应是少数人，况且这些少数人当中所谓的成功人士，仍还有我们认为不优秀的人在里面。不同的人对成功的定义和理解不同，有人会认为在事业上、名利上、地位上取得伟大的成绩就算成功。又有人认为有自己的理想和价值实现，有着充实的精神生活并享受当下就是成功。而我更看重后者，后者是一种动态的过程，而前者是一种静止状态，是结果。这犹如我们的梦想，重要的是在追逐梦想的过程，一旦梦想实现了，幸福感也就随之弱化。我们喜欢上一个人，往往看重的是其优秀的一面，而很少看其是否成功。

如果只因为某人是成功人士我们才喜欢，未免功利心太强了。很多时候，我们往往太看重结果，多为了申报各种项目、各种奖项，为了迎接各种验收各类评估而疲于奔命，却往往在日常的建设中，不那么用功，这实在是我们时代的悲哀。更有人只看重为什么别人成功，我怎么就没权没位。因此，我们可以有不成功，但不可以不向着优秀进发并为之努力。

优秀是一种习惯、一种品质、一种由内而外所展现出来的一种自发的状态，是一个过程。因此，我们应弱化结果、强化过程，弱化外在、强化内在，弱化成功、强化优秀。

2015 年 11 月 12 日

学会与自己谈心[1]

各位辅导员，各位同学：

大家好！

感谢大家，感谢这次机会，促使我去思考和动笔。这次分享，是我第一次先写出内容再讲，之前都是把内容直接做成ppt课件来讲。之前是站着讲，我认为站着讲有感染力，易调动现场的氛围。今天，我想坐着和大家交流，因为坐着更像谈心，谈起来没压力。应该说，最近两个多月，我受周国平老师的影响特别深，也特别地庆幸能够遇到他的书。今天这个主题，是我12月13日早晨读周国平老师《幸福的哲学》这本书时迸发出来的灵感。其实，最近总想以哲学的视角找一个什么主题和大家分享，当然是分享我的点滴感受而已。我是没有水平谈哲学的，只能算一点点思考而已。

我愈加觉得，学建筑的学生应该学些哲学。为什么呢？其一是这里讲的哲学不是说大家平常一提起来就"谈虎色变"的哲学，而是我们老祖宗留下的有关生活的哲学。目前我所理解的是，生活无处不哲学，哲学就是平衡、是取舍，是生活的艺术，是可以存在于我们内心的骨子里的温柔，可以体现在我们容颜上的处事不惊。其二是"哲学无实用，

---

[1] 此文系2015年12月北京建筑大学建筑学院学生干部专题培训文字稿。

实用非哲学"，哲学讲究大无及大用。所谓的无用之用，说其能"四两拨千斤"毫不夸张，北京建筑大学建筑学院门厅用我校已故教授臧尔忠老先生的墨宝所留下来的道德经："三十辐共一毂,当其无,有车之用也。埏埴以为器,当其无,有器之用也。凿户牖以为室，当其无,有室之用也。故有之以为利,无之以为用。"即是在谈建筑空间的大无即大用，即我们设计的建筑，中空的部分，恰恰是我们衣食住行所需要的空间。

那么，从哪几个方面来支撑今天的"学会与自己谈心"这一主题呢？我想从以下几个方面谈起。

1. 哲学与科学

周国平老师说，哲学是谈心，是对世界和人生问题的根本思考，哲学需要我们每个人面对世界和人生的整体。哲学需要我们去想根本问题，而根本问题是没有终极答案的，或是没有标准答案的，但我们依然要去思考，且是独立思考。而科学是用理性的方法解决实际的问题。

我们总认为这个时代太急功近利，这与我们的文化有关。我们的文化太过实用，比如从幼儿园的孩子开始就报这班那班，一直到了大学，还有四六级辅导班、考研辅导班等等，这些行为都是为了解决问题。我们文化的现状，就是重视科学，不怎么重视哲学、不怎么重视人文科学。

当然，谈哲学、科学离不开宗教，宗教、哲学和科学，是人们认识世界的三种方式。我不信教，连寺庙都不愿进，从内心里抵触。记得刚刚上班的第一年，2002年的梅雨季节，我们一行团干部赴江浙进行工作调研。期间大家去看寒山寺，我就在寺庙外等，有同事调侃我是不是上辈子干了什么亏心事,连寺庙都不敢进。这样的调侃还不止一次。周国平老师在书中谈道,很少有人真正地信教,即使信教,也依然带有实用性的功利色彩,比如到寺庙里烧一炷香,祈求孩子高考成功。不知道在座的诸位,高考时父母是否专为大家考出好成绩而烧香拜佛。即使是在寺庙里禅修的高僧,多数人也不是真正的信教徒,比来比去选个教派来修炼。真正的信教是在内心的修炼,而不是表面的形式。当然,在校园里是不能传教的,这也是我目前工作所应负责的业务范围,今后一旦发现有外人在学校发传教传单,或者发现哪儿贴的有信教传单,请大家第一时间电话通知我。因为大家的思想还不成熟,很容易受歪门邪教的当,所以学校要保护大家。

岁末年初,刚刚看了一本不容易理解的一本书《青年们,读马克思吧》。其中谈道马克思的观点:"宗教之所以存在,是因为社会中还存在很多缺陷,是除了宗教以外的其他手段都不能掩盖的。"如果按照这一思路理解,社会可能没有缺陷吗?不可能。那宗教能消除吗?也不能。马克思认为:"当人们停止将自己的利益当作首先考虑的对象,用追求自己的幸福和利益一样的热情去关心邻居的幸福和利益,就完成了'人类的解放'。"大家想想,马克思所指的这一社会现象似乎有些太遥远,既然遥远,一是要适应目前的现状,二是要有改变现状的勇气,即还要有梦想。如果知难而退,什么事情都干不成,我们的共产主义社会就是如此。当然,钱穆的一个观点是"对精神界向往的最高发展有宗教,对物质界向往的最高发展有科学,前者偏于情感,后者偏于理智",如果按照这一观点,就不难理解为什么有那么多政商及艺人都在信教,当然,我依然反对信教,还是喜欢周国平老师,把哲学作为精神境界的最高追求,并在普通的生活中用哲学，通过普通的生活讲哲学。

德裔美籍心理学家和哲学家弗洛姆在其最著名的作品《爱的艺术》一书中说："合理的信仰是扎根于自己思想或感情体验的一种坚定的信念。合理的信仰首先不是信仰什么东西，而是一种确认，这种确认是符合建筑在自己真实经历上的坚定的信念。"我们实用性较强的文化特点，虽给大家带来了很多的功利心，抑或我们的教育理念，我们的世界观、人生观、价值观的教育之道，大家也还认为有不好理解的一面，但恰恰是我们文化的实用性，才使我们的国家有着上下五千年的历史。林语堂说，一个国家能混过上下五千年，无论如何都是值得敬仰的。中国文化的实用主义虽有许多弱点，也有竞存的效果，所谓的优胜劣汰，因此，我们要学会辩证地看问题和辩证地看世界。

我们所学的专业，更多的是科学的内容，是解决实际问题的。但作为建筑设计类专业学生，有很多学科背景是有非常深厚的文化底蕴的。前几天看到一则微信公众号文章，介绍91岁高龄的贝聿铭大师设计的多哈伊斯兰艺术博物馆，位于卡塔尔首都多哈海岸线之外的人工岛。人工岛是卡塔尔政府应贝聿铭要求特意建造的，我想，不了解宗教、不了解哲学，没有深厚的科学技术的支撑，惊世之作是不会被设计出来的。

2. 优秀与成功

各位作为建筑学院——本校龙头学院的学生骨干，可谓是学生中的佼佼者。在座的一定会有学生认为，能加入学生会这一舞台，又有主席或部长这一职位为大家服务，多干些事情，做些锻炼，很珍惜这一机会和平台。这是好的，多数人也会是这么认为的。但我想,或多或少也会有人认为,我是学生会主席、部长,仿佛一夜之间我就和别人不一样了,能力和名声顿时提高了很多,有这种想法好像就不太正常了。面对新的岗位、新的工作如何保持优秀,这是我们需要考虑的。若是我们能够做到,说明我们一直在成长,当然只有付出才能实现。记得刚当建筑学院党委书记时,我给自己定下的目标是,无论在这个岗位上师生怎么评价我,好或不好,这都是身外之物,我都不会看重,看重的是有朝一日离开这个岗位时,建筑学院的师生如何评价我。

世俗的人追求成功,伟岸的人追求优秀。在普通人眼里,钱、权、势或是有香车美女相伴,就是成功,这一标准更多的是和外人攀比、和社会攀比。而优秀更多的则是和自己比。我们在不同的岗位上是否做到了极致,哪怕是一件小事,做到了极致,也依然能视为优秀。一天晚上我在办公室值班,打扫卫生的阿姨碰巧在打扫楼道,我就主动打了招呼,并聊了几句。一聊才知道她已经在办公楼打扫卫生近10年了,刚好是我2006年来建筑学院工作的前后。期间聊了她每天的任务,如何打扫楼道、如何打扫办公室,什么时候打扫厕所。我听完之后顿时肃然起敬,这就是普通岗位的优秀。她在一个岗位上兢兢业业地干了十年,你能说她不优秀吗?

3. 读书与思考

我是2001年毕业上班,至今工作已经近15年了,自我感觉近一年来是我成长最快的一年,原因我自己总结是开始读书了。去年读了20多本,今年读了近50本。我想和大家分享一下读书的过程和体会。

我开始是看了一些管理的书，比如《从0到1》《异类》《专业主义》《卓有成效的管理者》《我在哈佛学到的人脉课》。后来是人文类的书，如蒋勋的《孤独六讲》《生活十讲》《品味四讲》，周国平的《人生哲思录》《人文精神的哲学思考》《幸福的哲学》等等。

我的读书习惯是手拿铅笔随时把好段落、好句子画出来，最开始把好的句子敲出来，敲了近10本，几万字。后来觉得这样太占用时间，就没再坚持。之后试着写点儿读后感，针对某本书的几个主题，写些自己的看法。再后来，我读某本能引起自己共鸣的书，可能写好多篇感悟，如读《人生哲思录》这本书，我写了近10篇，主题有学会孤独、己所欲勿施于人、生活在于体验、行走在不行至行之路、教育的终极目的是走向自己、守望自己心中的麦田等等，今年写了7万多字。经过一年多的时间，我找到了自己喜欢的书，即人文类的、哲学类的，但这一过程非自己经历而不能感受。期间我也给大家推荐过书单，并且在学院的微信平台发布过。我想，今后我可能不会再给大家推荐书单了，因为我喜欢的，并不是大家所喜欢的，适合我的，并不一定适合大家，给大家推荐，会限制大家的思维选择。能让自己顿生感悟的书，才是好书。

读书后的练笔是思考，是自己与自己谈心的过程。而读书后的分享，是自己与别人谈心。近一年半，我面对不同群体，做了近20场分享，而能够支撑我分享的，就是读书与思考。应该说，大家都不希望走出自己的舒适区，我也一样，面对新的环境，我也有恐慌。但前几天，我收拾新的办公室，好像除了带走了一柜子的书，没别的东西了。新办公室收拾完，看到一柜子的书，突然觉得，有这些书相伴，没有什么困难能打倒我。

一年多来，通过学习和读书，我知道了周国平、蒋勋、大前研一、彼得德鲁克等，也结识了很多名人作者，如白燕升、黄学焦、杨长征、王小丹、韩庆峰、张志、王鹏程等。

4. 吸引与被吸引

我一直认为，我们这个时代是吸引与被吸引的时代，能吸引别人是一种能力，能被别人吸引也是一种能力，这一观点我多次在建筑学院老师大会上和老师们分享。而作为学生干部，你能吸引学生开展活动吗？你能吸引学生支持你吗？你能被老师吸引吗？你能被校内外更优秀的人吸引一起做些事情吗？这些自问，是我们在学生会工作中，甚至走上工作岗位后值得经常思考的。

5."身生活"与"心生活"

钱穆先生将人生分为"身""心"两部分，身生活是物质方面的钱、权、物，心生活是情感、思想，是精神层次的。用英国哲学家罗素的话讲,身生活更多的是通过"占有冲动"而营谋获取，心生活则更多的是通过"创作冲动"来发展文艺、美术、哲学、科学发现等等。

钱穆先生又讲，居今之世，亟当提倡两种学问，一曰"人学"，一曰"心学"。"人学"学"为人"，"心学"学"养心"。为人之学,重在"与人为人"。养心之学,重在"因心养心"。何谓"与人为人"？乃指为人必在人群之中为之，离了人群,即不可为。在座的学生干部恰恰比别人有这方面的优势，即能和更多的人群打交道，更好的学为人。因此，从这一点上，大家一是应感谢自己乐于当学生干部的选择，二是应充分利用自己的选择锻炼自己。何谓"因心养心"？心为人人所同有，因此有同然之心。而人与人又不同，所以人心与人心，或是每个人养心的办法各有不同。因此，一是要很好地与自己相处，即通过独处、读书、思考等方法养心。二是要很好地与不同的心相处，即能与不同的人相处，才能让心养的心胸开阔。

弗洛姆在《爱的艺术》一书中还写道："在爱自己的爱的实践方面，首先要有纪律。就是工作之外的自我纪律，世界上在工作之外人很少能表现出一点自我纪律来，一旦他不工作，就十分懒散，无所事事——用一句好听的话表达就是他想'轻松一下'。"现在经常有人谈，人与人的差距在工作的八小时之外，就是工作之余自己的时间如何度过。"其次要集中，集中是掌握艺术的一个必要条件。"我所理解的集中就是聚焦，不要同时干很多事情，或是什么都想要。"第三是耐心，第四是极大的兴趣。"周国平老师也说过，大学的学习关键是培养自主学习的能力和快乐学习的能力，这些有着相同的寓意。

杨绛先生曾说："人，一方面有灵性良心，一方面又有血肉之躯，灵性良心属于灵，食色性也属于肉，灵与肉是不和谐的。不和谐的两方，必然引起矛盾。有矛盾必有斗争，有斗争必有胜负。斗争可以不断，但矛盾必须统一。"因此，保持我们身生活的健康，和心生活的不受伤，是我们永恒的主题。关键中的关键，还是多注重"心生活"，多养心。

哲学其实没什么深奥的，通过我近来对哲学的一点思考，我想哲学就是引导自己对想要什么，想拥有什么样的生活和人生进行思考。

今天和大家分享的内容，大多是我最近看的几本书的舶来品，杨绛的《走到人生边上》、钱穆的《人生十论》、林语堂的《人生不过如此》、弗洛姆的《爱的艺术》、内田树与石川康宏的《青年们，读马克思吧！》，以及周国平书中的一些观点，只是给大家归纳罗列出来一些内容而已。通过这次分享，如果大家能记住这些书中的几句话，我就知足了。如果能促进大家更多的思考并行动，我就更开心了。

再次谢谢大家，也祝愿大家在大学期间能培养好习惯，学有所获。

2015 年 12 月 13 日

我所理解的中庸之道

"中庸章句"曰:"中者,不偏不倚、无过不及之名。庸,平常也。"子成子曰:"不偏之谓中,不易谓之庸。中者,天下之正道;庸者,天下之定理。"子曰:"天下国家可均也,爵禄可辞也,白刃可蹈也,中庸不可能也。"由此可知,中庸之难及也,既然中庸为圣人追求之道,我等凡人理应毕生追求之。

曾经有段时间我对中庸不求甚解,总觉得中庸是人情世故、是圆滑,有那么一点点贬义。我最近才有了一知半解,觉得中庸实际是好东西,是我们工作生活中应遵循的准则。凡长命百岁之人定是参透了中庸的要义,并在自己人生当中践行之。一个国家也好,一个单位也罢,凡是在某一阶段发展快了,定会遭到其他伙伴的嫉妒,自然也就多了进一步发展的障碍。"木秀于林,风必吹之"、"高处不胜寒"我想其中蕴含了一定的中庸之道。诚然,中庸不是提倡我们不要"木秀于林"、一味从众,如是这样,则社会只能止步不前了。

前段时间,一位公安机关的朋友对我说"要使其灭亡,先使其疯狂",表面是他们对待不法分子之道。但细思量,这其中蕴含的哲理,体现了我们的人生、我们的工作生活的方方面面。万事万物都有其轮回,有些人表面上风光无限,然其背后暗含着诸多的离群之险。就像我们的身体,有多少人是年轻时拿命换钱,而到了年老时则拿钱养命,这也是过犹不及、不够中庸所致。

在此，又让我想到了可恶的北京各大医院里号贩子之猖獗。让病者可医，本是医院的分内事，但部分医院长时间对号贩子的熟视无睹，激起民愤，已经到了忍无可忍的地步。近期东北女孩怒斥号贩子的视频被疯狂转载后，其结果致使全国人民对北京医疗机构冠以不作为的整体评价，而这，是医院太不作为、太不中庸所致。因此，也就有了白岩松之问："警察抓了号贩子，然后呢？"这时全社会都在看着警方怎么处理、政府怎么决策，并时刻观望医院今后怎么作为。

所谓中庸，就是要顺应时代潮流。每个时代有每个时代的任务，每个发展阶段有每个发展阶段的任务，而想不被甩在时代后面，就应顺势而为，时刻保持学习的积极性和进取心，以适应新常态，跟上时代的步伐。中庸，还应遵循事物发展规律。万事万物都有其成长规律，保持积极性、想走得快些是对的，但若拔苗助长，后果可想而知。背离中庸之道，定会失去多数人的支持。中庸，也应有自己的目标主见，在遵循事物发展共性的普遍规律基础上，还应遵循个性的发展规律。比如现在社会上都在谈大学生创业，但大学生真正适合创业的人，且确实能创业成功者又有几人。这就提醒我们不能跟风，要从容淡定，按照适合自身成长规律的原则去规划未来、把握人生。

总之，我对中庸一词的理解，最主要的应是我们每个人要抱有一个好的心态，这种心态既有努力拼搏去争取的勇气，又有虽努力但仍不可得后泰然处之的博大胸怀，享受对诸事追求的过程中那种得到与得不到之间中庸状态之美。

2016年2月8日

如何少误解这个世界

我迫不及待地读完了哲人与高僧的对话《我们误解了这个世界》这本书。书的作者是济群法师和周国平老师，书的内容是二位作者三年内的六次对话，内容涉及时代与责任、哲学与宗教、道德与修行等等。

我曾经在一次讲座上听到，我们再怎么了解这个世界，这个世界都不是我们看到的样子，因为我们每个人都只是看到了它的一个侧面，正所谓"横看成岭侧成峰，远近高低各不同"。周国平老师说："在激烈的竞争中，人们急切地向外寻求成功，但无论成功与否，却普遍地不感到幸福，因此迷茫。""人的大多数心理活动都是盲目的，没有看到生命本来的样子，完全被自己所处的环境，以及由环境造成的认识和情绪支配了，所做的选择也往往是由错误认知和不良需求决定的。"济群法师说："欲望过分膨胀之后，痛苦就在所难免了。一方面，为了满足这种不断升级的欲望而忙碌，非常辛苦；另一方面，我们还会对需求对象产生依赖。因为依赖就害怕失去，患得患失。所以说，依赖和贪著是欲望产生痛苦的催化剂。现代人普遍觉得焦虑、恐惧、没有安全感，为什么？就和我们对欲望的贪著有关。"两位作者的概括，正是说明了我们为何误解了这个世界。做到以下几个方面，我想兴许能对我们所处的世界少些误解。

1. 关注自己

在"互联网+"的今天,我们变得越来越浮躁。也许在没有互联网的时代,也有人浮躁,但在"互联网+"时代,我们的浮躁被互联网蔓延、扩大,越来越多的人受影响。刷存在感,被手机牵着鼻子走就是很突出的例证。很多的情况下,我们焦虑的不是事情本身,而是对待事情的情绪和心态。心态变了,事情对我们的影响,或是我们对事件的评判也就变了。别人干什么我们就干什么、别人搞创业我也尝试一把、别的家长给孩子报什么辅导班我也报等等现象,就是从众心理发生作用的结果。人是群居动物,很容易受到旁人和外界的影响,也很看重别人和社会的评价,如果一味地跟着别人走、跟着社会走,那我们的人生便失去了自我,失去了个性。

关注自己,就是要关注自己的兴趣、关注自己的目标、关注自己的情绪,少被浮躁干扰。我们需要去探索自己喜欢什么,做哪些事情自己很开心,在不考虑生计,即使没有报酬也愿意投入时间做的事情是什么,做哪些事情能提升我们的正向价值感,自己的目标是什么,哪些愿望实现了能为自己的人生带来意义,做哪些事情能让我们觉得有成就感?

在我们的思维、我们的精力乃至我们的焦点很容易指向外界的情况下,静下心来多指向内部,多关注自己、以心养心,养成独立思考的习惯,思考自己的方方面面,是我们少误解这个世界的基础,也是重点。

2. 理解他人

人们的一般性习惯就是为自己找借口、找理由，对别人多埋怨、多指点。由于自尊心作祟，我们很容易以师长身份自居，"甘当小学生"的精神则容易化为乌有。

理解他人，首先是换位思考。人们都觉得换位思考重要，真正在诸事当中能做到换位思考，摩擦和矛盾自然也就少了。诚然，我们只是我们自己，不是任何人，不可能理解别人的处境，但正因如此，我们更应通过换位思考理解他人，否则我们便是误解他人、误解了这个世界。

理解他人，其次要学会宽容。人生在于经历而不是拥有，所有的一切都是经历。我们要感谢我们的同路人，一个人可以走得更快，一群人可以走得更远，同路的人志同道合，是我们发展的基础和坚持的动力。我们要感谢我们的敌人，是他们教会了我们坚强，以及提升了我们处理纷繁复杂问题的能力。

理解他人，再次要善于关注别人的优点。人生而平等，尺有所短，寸有所长，每个人都有优缺点。发现优点、培养优点、多关注优点，既是自我成长的关键，也是学习别人之长的渠道。学众人的优点为我所用，最终的结果是成就了我的特质。学会关注别人的优点，多看长处、多给肯定，误解他人便会随之减少。

3. 体验世界

人生在于经历、在于体验，人的两种最重要的能力是认识世界和改造世界，这两种能力也是我们一辈子都在学习和实践的。现实生活当中，人们对人对事之所以存在诸多的抱怨和不理解，就是因为没有经历、没有体验。

真正的体验，是我们在某一岗位、某一事件中感受和体会的。我们很多能力都是经过后天的学习与实践习得，毛主席曾说："在游泳中学会游泳，在战争中学会战争。"我始终觉得这句话很经典，不要怕某个岗位承担不了，不要怕某件事情棘手难办，经历了，经验自然提高。即使没有经历，我们理应做相关的调查研究，不调查没有发言权，对于拍脑袋做事情，不能真正了解基层声音，只浮于表面，是一件很可怕的事情。在没有经历一些事情，不知道新情况、新问题而以老资格指手画脚的自居者，定会误解这个世界。

苏格拉底曾说："未经思考的人生不值得一过。"真正认识世界，是要理性地思考，在思考的基础上，最好能真正参与、亲身经历，倘是没有经历，我们真的不能妄下结论，无论是搞学术、还是做管理，我们都应抱着研究的态度去伪存真、发现规律、找到本质。

一言以概之，思考和体验，是少误解这个世界的核心与关键。

2016 年 4 月 30 日

对幸福的思考

苏格拉底将人的心灵分为三个部分,负责学习的部分、负责发怒的部分以及欲望的部分,并将其称为"爱学"或"爱智"的部分、"爱胜"或"爱敬"的部分以及"爱利"的部分,同时将人分为爱智者、爱胜者和爱利者。苏格拉底说,如果我们逐一询问这三种人谁最快乐,我们得到的答案将是一样的,即都认为自己的生活最快乐。从社会表层去理解也确实如此,智者、勇者和富人都能得到广泛尊敬,由此体验得到别人认可的快乐和幸福。而这种幸福,我们每个人也都有体验过的经历,如一时学习的进步及学习成绩的取得、攻克某一难题所获得的认可,以及通过自己的努力所得到的自我满足且社会认可的收入等等。

央视曾于2012年开展系列"你幸福吗"的坊间调查,屡遭神回复,如"我姓曾"、"我耳朵不好使"等等。当我们被问及"你幸福吗"时,很多人会陷入"不幸福"状态,这与我们的社会不无关系,因为人是群居动物,在群居生活中的人们,被群体生活所影响在所难免。

在功利化和金钱至上的社会,人们很容易将金钱追求作为终极目标,在这种环境影响下,农村人有农村人的不幸福、城里人有城里人的不幸福。农民进城打工的目的,无非是多挣些钱,或为改善拮据的家庭生活,或为子女今后脱离农村生活苦攒积蓄等等。城里人辛辛苦苦挣钱,多是考虑什么时候换一个学区房，好让孩子上个好学校；或是有了一套房，如何在合适的位置、合适的时机买第二套、第三套房留作后用。我曾经和一位大学生家长交流，他说正考虑在哪儿为儿子买房合适，好让孙子能上好学校。无论是农村人、还是城里人，最令人感到不幸福的，就是悬殊的贫富差距给人带来的心理不平衡。

  生活在于体验，诚然，只有体验了不同的生活，我们才会对幸福有更深的感悟。农村人多羡慕城里人的幸福，觉得生活条件好，收入水平高。但很少有人关心城里人是否幸福，因为他们多没有机会深入接触和体验城里人真正的生活。而上流人士也只有在生活一落千丈，才感受那些留在自己身边的友谊和情感，以此感知生活的真谛和对幸福的真感受。单从高学历、高收入群体自杀事件频发这一现象，可知幸福与知识、与地位、与金钱没有必然的联系。真正的幸福，应是对当下自己生活的深刻感知和真正享受。

  对文人而言，通过古代的科举考试金榜题名，确实是他们追求的最高目标，但总的来讲，没有功利心的陶醉琴棋书画、享受读书习字的快乐之情景，必是胜于今日。也许那个生活氛围才能最好地传承中国传统文化，才会产生多部哲学文学巨著，因此才有了"今日无大师"的社会评价。一方面，幸福的根本应是对学习的追求，学习习惯的培养，即启动和锻炼我们的"爱学"部分，并在此部分培育我们的兴趣、陶冶我们的性情。"读书是门槛最低的高贵"、"唯读书和健身不可辜负"等等热门句子，需要我们在践行中去感受。另一方面，幸福的智慧，应客观看待对"爱胜"的追求。人还是应该争强好胜，尤其对于年轻人来说，要有"会当凌绝顶，一览众山小"的勇气。但需把这一追求放在自身真正的价值追求上去努力，如果仅停留在将得到别人的鲜花和掌声视为成功的"爱胜"追求,则不追求也罢。我们的"爱胜"部分除了得到自己的认可,还得到了哪些人的认可,这也是我们需要学会甄别,切莫被假象冲昏了头脑。再一方面是对金钱、地位等的"爱利"部分的追求,对于这部分,需要的是我们踏实的付出、合理合法基础上的付出所收获的价值体现,而非急功近利、假公济私。

正如苏格拉底所说,相比爱利者,哲学家即爱智者由于体验过三种快乐,因此在快乐经验方面要丰富得多。我们很多人在很多情况下,都能体会到受尊敬的快乐。但通达真理,了解真理的快乐,只有爱智者才能体会得到。因此我认为,在追求幸福之路上,我们要多启动和助长"爱学"部分、削弱和减少"爱利"部分,客观看待并理性培养"爱胜"部分。学会用哲学的眼光和智慧,看待和感受我们的生活,其乐无穷、其善大焉。

2016 年 5 月 22 日

人生需要第二条辅助线

近日，聆听了一场关于"第二条辅助线"的亲子教育讲座，讲座老师"要培养孩子能够自己去做决定，能为自己选择，并为自己的选择负责"、"教育孩子，规则要提前定，不要讨价还价"、"生活习惯好的人，在其他时期上也容易成功"、"自己身上的缺点，不要在孩子身上纠正，把自己喜欢的给予孩子"、"给孩子的辅助线应是你有的，而不是你所欠缺的"等分享，让我感觉颇有收获，也引起了一些共鸣。

辅助线，是在几何学中用来帮助解答疑难几何图形问题，在原图基础之上另外做的具有极大价值的直线或者线段，即把所能想到的解决问题的办法，用虚线描绘出来，再推理出我们需要证明的结论。著名主持人白岩松曾在一次讲座中和学生们分享自己初中时的故事："当时我舅舅是一个很棒的数学老师，他跟我玩一个游戏，就是做平面几何题，画一条辅助线这道题就解出来了。但是我舅很坏，他每天给我留一道题，他先画出一条辅助线，让我画第二条辅助线，这个游戏整整玩了一个学期。"很多年之后，当老师夸赞白岩松"思维方式好像总是不一样，他总能找到第二个答案"时，他才意识到"那个第二条辅助线的游戏，深深地改变了我也帮助了我"。其实，无论是我们自己解决问题，还是我们教育孩子、教育学生解决问题，这一辅助线思维还是可以借用的，而培养我们寻找第二条辅助线的习惯，我认为应考虑以下几方面因素。

1. 遇事莫急，慢慢来

在快餐文化充斥的今天，我们每个人都想快速得到自己想要的，就像遇困难总希望能马上解决，哪怕延迟一点点，就会很焦虑。每到这种情况，我们的思维习惯总是向外的，也就是排外的，即总是抱怨环境不好、社会不公，而不是理性的从自身找原因、找办法。一日午饭时和一位原单位的教授聊天，问他的一名延期一年的研究生今年能否顺利毕业。她很高兴地告诉我，今年学生的论文很顺利，且学生今年找的工作比去年要好上几倍，毕业的第一年就能拿十几万的年薪。听到这一消息，我自然很开心。因为去年因论文观点问题及查重、匿名评审等没能过关，这位老师和学生多次找学院领导谈诉求、谈签约情况，希望学院网开一面。学生几经周折来证明论文的立论观点及研究成果，但终未过第二轮评审。而今年的结果，也许是当时老师和学生未曾想到的，真的希望这位学生，今后再遇到各种问题和挫折，能因此建立起"第二条辅助线"思维。其实我们的生活、我们的人生都有两面性，无所谓好坏，所不同的只是我们看问题的方法，以及解决问题的思维。请相信，我们的生活总是越来越好的，慢慢来。

2. 不给答案，重发问

凡事都有三种解决办法，只要我们去寻找。其实"第二条辅助线"思维与这一理念有异曲同工之意。办事直来直去，我们应该培养坦率、正直的好品性。而曲线思维，就是除了显而易见的解决问题的办法以外，还能想出别的路径。思维是可以训练的，只要养成多思考的习惯。在教育孩子和学生身上，我们需要做的就是用"还有吗"去引导和发问。在引导孩子解决问题时，用"还有吗"追问，多数情况下孩子真的可以回应我们一个又一个的办法。有次职业规划个案咨询，一名学生问我是否应该考研的问题，在引导学生自己思考并树立考研目标后，在推动学生行动时，我仅用"还有吗"多次重复呼应，学生即想到了多条立刻行动起来备战考研的路径。所以，在教育孩子或学生时，尽量不给答案，多注意发问方式。在带团队，以及自己遇挫折如何走出困境时，这一方法同样适用。

3. 聚集正向，去焦虑

"我怎么没评上职称？""这次评优怎么又没我？""为什么别的孩子画画那么好？""你看别家孩子怎么那么听话？"这些思维习惯和说话方式是我们时常存在的。而"自己身上的缺点，不要在孩子身上纠正，把自己喜欢的给予孩子"这种理念，正是聚焦正向的思维。换个角度思考，我们有哪些好的地方可以坚持，并放大培养。通过"成就故事"来归纳我们的优秀品质，并注意在今后的工作生活中予以发扬光大，结果是能够为未来积累更多的"成就故事"。人闲生是非，当我们非常繁忙，或目标特别聚焦的情况下，牢骚满腹的情况自然就少了。每个人都有自己的特质，也都有自己的优点，我们要成就的是有个性的我，适合我们自己独特的生活。比如如何释放工作生活的压力，有人觉得去健身房健身放松，有人觉得跑步放松，有人认为繁忙工作后的读书是消遣、有人则通过逛街调整身心。每个人都有自己的生活之道,但无论怎样,我们需要培养聚焦正向的良好习惯,发现我们的闪光点、挖掘自身的兴趣点,学会享受正向生活的点点滴滴。

生活本来没有太多的"应该"和"必须",我们应学会通过寻找第二条辅助线,来辅助我们解决生活中遇到的问题,并辅助我们更好地享受生活。

2016 年 6 月 29 日

碎想杂谈

无论是得志时还是工作迷茫时抑或是遇到矛盾挫折时，我们都应通过思考，我想要什么而聚焦目标，通过思考如何得到自己想要的而寻找方法、路径，开满鲜花的花园不长草，只要我们找到了正确的事情做并找到了正确做事的方法且持续做下去，牢骚满腹怨天尤人的状态自然就少了，立足之地内心也就和谐了。

拾碎

无论是得志时,还是工作迷茫时,抑或是遇到矛盾挫折时,我们都应通过思考"我想要什么"而聚焦目标,通过思考"如何得到自己想要的"而寻找方法途径。开满鲜花的花园不长草,只要我们找到了正确的事情做,并找到了正确做事的方法,且持续做下去,牢骚满腹、怨天尤人的状态自然就少了立足之地,内心也就和谐了。

父亲节

今日父亲节
早起不禁想起了远方的父亲
愈觉父爱如山

忙完自己的农活
还要处理左邻右舍的家长里短
有时家里还会人满为患
没有工资没有待遇
有的只是乡亲们的期盼
这就是最最基层的村干部家庭
为我留下的童年

父亲经常给我的三条告诫
一曰不要胡来
二曰知足常乐
三曰身体是革命的本钱
这正好诠释了身、心、道理念
有人说
影响孩子幸福指数的是母亲
决定孩子事业高度的是父亲
而我二者得兼
母亲给了我调整自己身心的法宝

父亲则给了我与人共事合作的经验

在快餐化的今天
我们真的很需要有农民般的质朴理念
不论是农事规律
还是稻田文化
都告诉我们
人勤地不懒
无论是学习思考
还是打造事业的一片天
均无捷径可言
有的只是一步一个脚印地扎实向前

亦有人说
这世上最珍贵的是与父母在一起的时间
今日父亲节
虽相隔千里
却觉得父亲就在身边
在告诫他那三条心愿
心与心的交流
父与子的情感
父爱如山
待我假日期间
定快马加鞭
一路向南
奔赴辽阔的平原
与乡亲及友人相见

2015年3月20日

毕业季,话别离

毕业季
话别离
不长不短的时间里
不多不少的孩子与老师们相遇
孩子们及师生彼此
结下了深厚情谊
这段人生印记
为我们家长和孩子
留下了诸多美好回忆

一棵树摇动一棵树
一朵云推动一朵云
一个灵魂唤醒另一个灵魂
是教育的真谛
老师们正是用这种真心爱意
献身着学前教育
想必孩子们定会因这段经历
更加相信未来
也更加相信自己

身为同行

深知毕业季
总是伤别离
而到孩子的毕业季
他们在一起开心的叽喳话语
不由总萦绕在耳际
总希望
这几天的时间能够停息
好让孩子们更多地在一起嬉戏

毕业季
不别离
再相聚
放飞思绪
写下随笔
凝成一句情谊
老师们
这段时间里
感谢遇见你

2015年6月25日
写于孩子"学前学后"学前班毕业季

唯真情持久有力

每到过年,我总是搜肠刮肚如何给朋友发短信拜年。每每看到多数人转发频率较高的拜年短信,或是朋友圈的一个图片,我总觉得没有太多的深情,哪怕文字再优美,也不能给人多少感动。所以,我要么不发短信,要么自己写上几句,哪怕语言组织的不好,但毕竟是自己经过思考后的真情流露。

每到初一前后短信拜年的高峰时刻,我都过电影一般,回望指正我的领导、关心我的朋友那些过往岁月,那些值得感恩、值得怀念的点点滴滴。对于教育、对于团队建设、对于交友共事,我们常说要以情感人、以情动人。一起相处过的领导同事,让我们记忆最深刻的不是什么轰轰烈烈的大事,恰是小事当中所体现出来的人文关怀,那种感人至深的真情,最令人难忘。其实无论是领导与被领导关系,还是同事关系,没有太多的理应如此、就应该这么办之类的天经地义,有的只是人与人之间的情谊,一起共事相处的缘分。有人说人与事相比,人更重要;人与关系相比,关系更重要。这其中的寓意,前者是说不能只为了某事,把人给伤了;后者的意思是为人的关键,是如何处理人与人之间的关系,关系处理好了,人就搞定了,人搞定了,事也就搞定了。

真情是和谐的基础。一个团队只为完成一件又一件的工作，不太关注人，则汇聚发展的力量只能是短暂的、被动的，而不能长期和持久。以发展的眼光去解决老问题，以及解决发展过程中可能出现的新矛盾没有错，但无论是老问题，还是新矛盾，化解的根本，还是人们内心中想要解开的结，这个结可以通过发展来解决，但解决的根本，仍需要活血化淤之后的理解和内心的真正接纳。

每到春节拜年期间，总能唤起人们曾经的真情瞬间，哪些应该感恩，哪些令人回味，回首往事，回望工作后的领导、同事，以及带领过的团队，令人难忘的真情片段数不胜数，每每此时总觉得自己是幸运之人，也许这就是挖掘闪光时刻的魅力吧。生活理应如此，唯有正能量才能激发正能量，尤其在情绪低落时，尝试回望闪光时刻，能帮助人们改变情绪、走出低谷。因为工作关系，今年的春节要在单位值班，更有了一个人的清净，静享曾经的过往。除夕的年夜饭我是和单位的保安队员一起享用的。饭间的闲谈，让我对平日里最普通的保安队员，有了最真诚的敬意。生命本来就是一场互动，相遇也是一种缘分。看着新闻里那些因各种原因无法回家过年，尤其是在为节日城市的正常运转而默默付出的异乡人，感到尤为可敬。在高楼大厦拔地而起的城里，当见到衣衫褴褛的农民工乘车也好、出现在不相称的环境中也罢，我们真的没有理由对他们嗤之以鼻，对最底层人民的接纳程度，恰恰反映了一个城市的文明程度。其实最能体现我们每一个人成长进步的，就是接纳不能接纳的、享受不能改变的，最重要的是改变自己。

生活中，我们很多的不悦多是因为心受伤。对自己来说，我们应学会以心养心，对与人相处来说，我们应学会以心换心。以心养心贵在善待自己，以心换心贵在善待他人。

真心需要的是真情,时刻抱有真情,真心必被唤醒,且心将永不受伤。而真情,也是团结一切可以团结之力量的必要条件。唯真情,方能持久有力。

2016 年 2 月 8 日

父爱如山

随着年龄的增长,我愈加感到对农村的眷恋,也愈加觉得父爱如此之重,父爱如山,毫无虚言。

我来自最具人生给养的农村,出身于农民家庭。对于从农村走出的我,能有这一段在农村成长的经历,感觉很自豪,因为伟大的法国教育家卢梭曾说过:"如果把所有技术的价值进行排列,我会把农业放在第一位,其次是炼铁,最后是木工。"土地是中国人的命根子,农民对自己一亩三分地的博大情怀,在某种意义上说是一种精神寄托。农村是最基层,也是最自然、最接地气的地方,城市则远离土地,除了高楼林立之外,更多的是混凝土浇灌的柏油马路,谈不上能感受大自然的芬芳和农村泥土的气息。我想,这也许是卢梭崇尚自然教育的主要原因之一吧。

父亲身为一名经历了多个岗位且忙碌了近三十年的村干部,他的经历对我的人生有着深刻的影响。回首孩提往事,除了和自己的土地打交道以外,留下更多印象的则是父亲因调节乡里乡亲之间、族里或家庭之间的矛盾,使得家里时常人来人往。这一经历定是在不知不觉中,促使我养成多换位思考的习惯。

谈起父亲对我的教育,最多的是工作上不能胡来;做人不能忘本,要懂得感恩;对自己的亲人要有亲情;身体是革命的本钱等等。每次回家,这些教诲父亲基本都会重复一遍,甚至是多遍的反复教诲,这些教导,一直伴随我成长前行。

工作上不能胡来,是父亲一直对我念念不忘的忠告。工作后,每次回家,和父亲聊完工作上的事,父亲都会说,工作要踏踏实实干,不能胡来。其实,这正是父亲的写照。记得父亲工作上最多的"薪水",也就一年几百块钱,现在看来辛苦费都谈不上,因为每每想起父亲和曾经的村干部一起谈论工作,或是协调邻里纠纷的场景,都会觉得这是最基层村干部的崇高精神和干部素养。而想起这些,再辛苦的工作和付出我也觉得应该投入,因为工资微乎其微的父亲尚有如此之精神,作为环境好百倍的晚辈,工作上理应加倍努力。而不胡来,我认为最基本的是首先要踏实、要本分,其次是要敬业、要付出。用农村人的话说就是"种瓜得瓜,种豆得豆"。这也是我们中国所谓的"稻田文化"。

做人不能忘本,要懂得感恩,是做人的本分和根本,这是父亲对我最深的教诲。我能够留校工作,家人还是很高兴的,尤其对于一辈子面朝黄土背朝天的父母。而最令父亲高兴的是,我在亲戚朋友眼中,作为村干部的孩子,找工作不是通过"关系"而是靠自己,还是能够令人有所敬意的。这就更促使父亲每每告诫我,能够留校,不能忘了当时的伯乐,没有伯乐就没有今天。我的爱人工作调动,也是得益于一位朋友牵线搭桥,每次父亲也总是说,不能忘了人家的恩情。工作生活中,还有很多父亲教诲的事例,不一而足。总之,学会感恩,是父亲给予我的一辈子的财富。

对自己的亲人要有亲情,是父亲言传身教对我的影响。第一次因为工作关系春节值班,好说歹说爸妈同意了在北京过年,恰恰是这一年的春节前,本家的一位叔叔得了重病,在被推进重症监护室的几天里,硬朗的父亲总是偷偷抹眼泪。由于怕加深父亲因兄弟情谊而带来的伤感,那段时间我总是轻描淡写地聊如何医治的话题,背后则是偷偷地问六岁的孩子,是不是爷爷又掉眼泪了。好在最后叔叔病情好转,父母才得以在城里第一次过年,而这第一次城里过年,又让我觉得对父母、对远方的家人有些亏欠,且是挥之不去的内疚。恰恰是这年春节,我没回家,2月初伯父去世,回老家办理丧事两三天的时间里,我深深地感觉到了父亲情绪的波动,以及自己亲哥哥突然离世的悲伤心情。而没能在伯父去世前的春节回家过年,见伯父最后一面,成了我终生的遗憾。生老病死,世事无常,能做的,我想也只有愿逝者安息,多为长辈生者尽孝,多回家看看。

  身体是革命的本钱,这是亘古不变的真理,也是父亲每每叮嘱我的要事。父亲总说,工作是别人的,身体是自己的。既教育我说工作不能胡来,又教育说注意身体。这其中暗含着一定的哲学道理,即工作身体二者要兼得,要懂得平衡,学会持久。父亲早些年也是抽烟喝酒,而今很注意养生,烟早已戒掉,酒也基本不喝,吃饭不多吃油腻的东西,尤其晚饭定量进食,同时注意锻炼身体。这些好变化、好习惯,这种坚持的毅力,无形中对我的定力也产生着一定的影响,过一种益于身心的有规律的生活,这一点我会继续坚持。

  播种土地,是农民们最根本、最熟悉的事情,而对土地的情结,是无数农民都挥之不去的。父母年事已高,我和哥哥姐姐早建议劳苦一辈子的他们不要再辛苦种地了,但父母总是说,不种地干嘛,多少种点儿地,家里人想吃点儿什么也都方便。其实,像父母这样的人实在是太多了,七八十岁、拿着退休工资仍省吃俭用依然坚持在田间劳作者,不计其数。而究其原因,多是他们对土地深深的情结,在某种程度上，也许种地有益于他们益寿延年。虽说生命在于运动，但这种稻田文化都时刻在深深地影响着无数个从农村走出来的人。

人生在于体验这句话，体现在方方面面。不养儿不知父母恩，的确只有为人父为人母之后，才会对这句话有更深的体会。作为一对龙凤胎的父亲，虽在外人眼里，也包括在孩子爷爷奶奶眼里，这是上天给予我的莫大恩赐。而这恩赐，为我和爱人双方的父母，带来的则是无尽的操劳辛苦。两个孩子上幼儿园之前，孩子由姥姥姥爷及奶奶看护，双方父母的辛苦不胜枚举，而父亲在老家除了要干农活、还要在县城承担接送侄子上小学的任务。三年的时间，这是多么伟大的父爱啊。每每想起孩子的成长，除了对双方父母的感恩，还有孩子爷爷奶奶分隔两地三年多生活的内疚。

数不尽的父爱如山，我能做的，就是多为父母尽孝的同时，牢记父亲深深的教诲。

2016 年 2 月 29 日

习惯的力量

"思想决定行为、行为决定习惯、习惯决定命运","优秀是一种习惯、坚持是一种品格",诸如此类的话语对我们来说非常熟悉。我们也知道好习惯之重要,但在如何养成一种好习惯、如何发挥习惯的作用方面,多数人则往往思考的不多,或是不够深入。读完查尔斯·都希格《习惯的力量》一书,我对习惯有了更深层次的理解。包括如何理解习惯、如何改变习惯、如何利用习惯,以及何谓个人习惯、组织习惯和社会习惯等等。正如书中所谈:"习惯不能被消除,却能被替代。只要掌握'习惯回路',学习观察生活中的暗示与奖赏,找到能获得成就感的惯常行为,无论个人、企业还是社会群体,都能改变根深蒂固的习惯。学会利用'习惯的力量',就能让人生与事业脱胎换骨。"

"习惯不能被消除,却能被替代",这句话,和我们常谈的如何改变一个人的缺点一样。众所周知,人的改变是最难的事情,而要改正缺点,则是难上加难。如果我们只聚焦不足,则永远解决不了问题,而聚焦方法,放大优点,或者让优点或长处发挥到极致,缺点或短处自然就减少了存在的空间和机会。举个例子来谈,在孩子教育方面,我们不乏有家长常对孩子说"你怎么写作业老这么磨蹭,你就不能快点儿,你看看邻居家的小强学习多好、效率多高"之类的话。写作业磨蹭,是这个孩子的一种习惯,如果孩子总被家长这么训斥,其一是给孩子贴了负向的标签,会使孩子慢慢产生不自信的心理;其二会让孩子觉得反正之前就是这样,今天磨蹭也属正常;其三是孩子的耳朵已经屏蔽了家长的音频,或者说已经麻木了。当然,如果我们再分析,还会列举出更多的不利因素。而如何改变孩子磨蹭的习惯,先要改变的是家长,也许要改变家长的磨蹭习惯、也许要改变家长的语言习惯等等。孩子是父母的镜子,我始终认为,想要改变一个人,先要改变自己,进而去影响别人,让对方出现可能会发生的改变。我的孩子也有吃饭磨蹭的习惯,有一次我让孩子晚饭后去练琴,孩子则很快把饭吃完了。这件事带给了我很多思考,那就是解决 A 事情,有时用 B 事情替代,则 A 事情就会很容易解决掉。少聚焦问题和过去,多聚焦方法和未来,有利于好习惯的养成。

  人总是希望被肯定、被鼓励、被认可,也许这是人之为人的根本属性,我们多数人的境界很难不被社会和环境所干扰,因为我们是人不是神。现今,很多的朋友经常在微信圈晒自己的健身、读书等情况,如果我们点赞,对方就会得到满足,会更加开心,点赞越多越能促使对方继续坚持健身和读书的习惯。当然,对于这一现象,正反两方面评论者兼而有之,有人觉得这是在传播正能量,而又有人觉得这是一种炫耀。但世事本就有两方面,关键看我们如何认识。我认为,不论是出于怎样的目的,一个人倘能找到坚持健身、坚持读书的好方法,本身就是一件值得庆幸的事情。点赞,其中暗含的则是习惯回路中的"奖赏"。我们身边不乏有经常发牢骚之人,如果此时同事或朋友同样回应其牢骚,常发牢骚的人会觉得大家都这样,发牢骚自然是很正常的事情,这种同频回应算是一种被认可,也算是一种对自己的"奖赏"。换个角度,不妨尝试一下,如果一天不发牢骚,给自己某方面的奖赏,两天不发牢骚再次奖赏,用这种方法尝试去改变经常发牢骚的习惯。往往我们不喜欢别人做的事情,自己却在做,这就是生活的现状,或是一种怪圈。所以,想拥有好习惯的人,应体会并尝试习惯的替代,并在习惯养成的过程中学会奖赏自己。

开满鲜花的花园不长草,想让花园少长草或不长草,那么,请多种鲜花吧。

2015 年 8 月 18 日

对安全稳定工作的哲学思考

安全稳定的社会环境是促进发展的根本大局,是做好一切工作的前提和保障,没有安全稳定的社会环境,我们将一事无成,这是我们坚信并深入人心的客观规律。我认为,对于我们每个人来说,内心的和谐是我们每个人开心工作、快乐生活的根本,是一种自我享受的状态。每个人内心的和谐,是我们部门和谐、单位和谐的基础,倘是每个人客观的我与内心的我和谐了,社会也就和谐了,安全稳定大局也就有了最重要的保障。

工作生活中,我们会经常遇到如下情况,我的工作待遇怎么不如别人、考核评优怎么没有我、这项工作没做好与我无关、我怎么不被领导重视、大家怎么不理解我等等,时时发生的"心"与"薪"的对比,导致了"心"与"新"的疲惫。而一旦内心不平衡,由此产生的小情绪就会在工作或生活中有所体现,小则小隐患、小不忍,大则大问题、大矛盾,进而发展成为言语上的冲突,或是拳脚相向。而所有这些安全稳定隐患的出现,大多是人与人之间的不和谐所致,而人与人之间行为处事的表现,实则是我们自己内心的写照。所以我认为,每个人内心的和谐,是社会和谐的基础,也是安全稳定工作的基础。内心的和谐与平衡,是我们一生需学习的智慧,一个内心和谐的人,概有以下几点需不断地学习、思考和修炼。

一是做一个特立独行的人。特立独行，首先要有自己的思想，有自己的想法。对自己的生活有想法、对工作有想法、对正在做的事情有想法。其次要学会甄别，不人云亦云。再次是我们的一切都要靠自己。自己改变自己，自己对自己负责，不把救命稻草压在别人身上。特立独行，是一种生活哲学，一种做自己的最真实的存在状态。时代的发展、社会的改良呼唤特立独行之精神。特立独行，最根本的是要有自己的目标，且自我发展目标与组织发展目标相匹配，而不是与组织背道而驰。

二是做一个能与自己独处的人。不论蒋勋先生的"孤独六讲"，还是周国平老师的"幸福哲学"，都谈道孤独、独处的重要性。周国平老师谈了一个很形象的比喻："如果说世界万象是食物的话，你在外部世界里的活动就是在吃食物，但是你是需要消化的，你安静下来独处就是在消化。你在外部世界里得到了那么多的印象，眼花缭乱，如果没有一个消化的过程的话，那些东西全是白费的，都不能变成你的营养，在精神上你是消化不良的。"这段话，对我们的生活、工作都能带来很多的思考。"孤而不独、独而不孤"的孤独，实则是一种境界、一种状态，一种成长成熟的过程。提升与自己独处的能力,在和别人相处时才不至于肤浅，才能更多地激起心与心的连接和交流。

三是做一个善于体验生活的人。酸甜苦辣咸，构成了我们的生活，倘是五种味道中的某一种享用多了，其他四种味道来上一点，会顿觉美好。如大鱼大肉吃多了，便觉清淡之肴爽口。不经历失败，体验不出成功之不易。不经历病痛，体验不出生命之可贵。不经历孤独，体验不出内心之丰富。不经历尝试，体验不出创业之艰辛。善于体验生活，不仅要学会体验自己的生活，还有学会站在对方的角度体验其感受,即换位思考。而换位思考,是解决一切矛盾应有的哲学方法。

四是做一个善于发现并享受美的人。蒋勋先生的《品位四讲》是通过食之美、衣之美、住之美和行之美,让我们感受"天地有大美",我的感受是,天地中的大美,来自于我们最普通的生活,即我们应在最普通的生活中感受最真的美,或者说,最真的美,永远藏匿于最普通的生活中。生活中的美与不美,有的是社会评判、有的是旁人眼光,但生活中真正的美与不美,永远在于我们每个人自己的体会和感悟。有人说:"生活中不是没有美,而是缺少发现美的眼睛。"我还想加上一句,那就是:"生活中不是没有美,而是缺少发现美的眼睛,更是缺少感受美的心情。"

五是做一个宽容的人。仅从字面释义来看,我们很容易理解"宽容"一词,即多指向外界的人和事,对人对事的态度和境界是我们常说的对别人、对事情,要有包容之心、要能容人容事等等。宽容既要指向外,又要指向内即指向自己,即对人对己都要学会宽容。对人宽容,主要分两种情况,既包括宽容别人的不足,即容人之短,能原谅;又包括宽容别人的优点,即容人之长,不嫉妒。除对人宽容外,还要对己宽容,宽容自己的出身、宽容自己的容颜、宽容自己的好与不好等等,亦有悦纳自己之意。

总之,无论是得志时,还是工作生活迷茫时,抑或是遇到矛盾挫折时,我们都应通过思考"我想要什么"而聚焦目标,通过思考"如何得到自己想要的"而寻找方法途径。开满鲜花的花园不长草,只要我们找到了正确的事情,并找到了正确做事的方法,且持续做下去,牢骚满腹、怨天尤人的状态自然就少了立足之地,内心也就和谐了。最近,我的一位朋友写了很多的随笔,主题有"把成长当作自己的梦想"、"学会在每一段经历中收获成长"、"请为自己的人生赋予意义"、"学习和拥有那些可以让你一生受益的东西"、"努力是最珍贵的天赋"等等。我短信问他,怎么能如此高产,他回复说写上瘾了,我想他在这方面有瘾了,自然在负能量上面就没有思考时间了,更不用说牢骚了。我们安全稳定且积极向上的工作环境,正是需要这种彼此的激励和感染,需要的是这种有事可想、有事可做的生活状态。

理想的团队、良好的社会,既是需要我们每个人内心能和谐,又需要我们自我价值能充分得到实现,此两点满足了,我们的生活也就和谐了、社会也就稳定了。

2015年11月5日

用行动诠释工匠精神

2016年全国两会，李克强总理在政府工作报告中指出："鼓励企业开展个性化定制、柔性化生产，培育精益求精的工匠精神，增品种、提品质、创品牌。""工匠精神"一时成为热点，对这一词语热议的不仅仅是两会代表，还包括诸多的网络媒体，以及坊间的人们。在急功近利、快节奏、快生活以及快餐文化充斥我们生活的当今社会，精益求精的工匠精神、慢下来扎实地做一回"工匠"，迟早会被人们再次记起，因为这是理性的回归。

按照百度词条解释，工匠精神是指工匠对自己的产品精雕细琢，精益求精的精神理念。工匠精神的内涵，有精益求精，严谨、一丝不苟，耐心、专注、坚持，专业、敬业，等等。

精益求精。精益求精比喻已经很好了，还要求更好。《论语·学而》："《诗》云，如切如磋，如琢如磨。"宋朱熹集注："言治骨角者，既切之而复磋之；治玉石者，既琢之而复磨之；治之已精，而益求其精也。"后用"精益求精"说明力求更加精工美好。精益求精，很多情况下多被认为太追求完美。在做一件事情时，精益求精往往很少觉得是在完成一项任务，而是在雕琢一件艺术品，做事情本身就是一种欣赏、一种陶醉，有时也是一种尝试、一种挑战，无论怎样，享受当下、享受过程这一美的享受，多半是伴随其中，十足的成就感也伴随其中。当然，只有认认真真，把要完成的事情当成一种使命，一种不谈收益、不求回报，主动而为非被动行事的情况下，才能实现精益求精，而非马马虎虎、草率了事。

严谨，一丝不苟。严谨，形容态度严肃谨慎，细致、周全、完善，追求完美。一丝不苟，形容办事认真，连最细微的地方也不马虎。苟：敷衍了事，马马虎虎。丝：计量单位。无论为人为学，都应抱有严谨、一丝不苟的态度，只有长此以往的坚持，才能发现事物的发展规律，并抓住事物发展的主要矛盾，进而才能深入认识，才能真正地去研究、去创新、去发展。不论是搞学术，还是搞技术，需要有点儿"板凳要坐十年冷"的精神，需要求实的态度，只有老老实实的求实，才能实现扎扎实实的创新。严谨，一丝不苟，也多有善始善终之意。二者多是古之学者、大师之类的名人为我们留下的代名词，今之牛人，也定是在某一方面认准了方向，一丝不苟地坚持下去后取得大成绩之辈。

耐心，专注，坚持。耐心，是一个人的品格，有人说，唯有无限的耐心，方能体现足够的爱。细思量，对人对事莫不如此。我们不妨问问自己，面对困难的煎熬我们有足够的耐心吗？面对孩子的逆反我们有足够的耐心吗？面对自己的选择我们有足够的耐心吗？偶尔一次的耐心，我们是容易做到的，难的是我们能否专注、能否坚持。而专注，则是我们的注意力，或者我们的潜意识、我们能量聚焦的地方。有人说，成功者往往不是实力最强者，而是坚持最久者。诚然，不同的人对成功有不同的体会，而是否每天都在成长，是我们所共识的东西。也即无论在工作、生活、学习、教育子女等方面，只要我们每天都在成长，就可以称得上优秀与成功。

专业，敬业。专业一般是指我们所从事的领域和方向，而敬业则是指我们做人做事的精神。我更喜欢大前研一对"专业"的解读，其在《专业主义》中谈道，"专"是方向，"业"是成果，是检视"专"的标准，有"专"无"业"不能称其为专业，更谈不上专业主义。毛主席曾说，不要吃老本，要立新功。由此"专业"可联想我们日常所谓的"专家"，恐怕还是有人只有"专"而少新"业"的。我认为，只有真正的敬业，才能称得上专业，也只有时刻有新"业"，才能体现"敬"的程度和"专"的深度。

管理学学科创始人彼得·德鲁克曾说，我们缺乏的不是创意，而是对创意的执行。我想，工匠精神之所以被时代呼唤，说明我们很缺少最后一公里的执行，即好的规划、好的想法，缺少"工匠"去实施，也就是最重要的"行"做得很不够。

我国古代非常注重"行"的重要性。王阳明的知行合一说："未有知而不行者。知而不行，只是未知。"《墨辩》论"知道"的分别说，凡有三种：知：闻、说、亲。《说》曰：知，传授之闻也。方不廆，说也。身观焉，亲也。意思是说，别人传授的知识叫作"闻"；有推论得来的知识叫作"说"；自己亲身经历来的，叫作"亲"。荀子关于行的哲学，《儒效》中说：不闻不若闻之，闻之不若见之，见之不若知之，知之不若行之。学至于行之而已矣。行之，明也。明之为圣人。圣人也者，本仁义，当是非，齐言行，不失毫厘。无它道焉，已乎行之矣。荀子不但倡导行，还倡导在行中"积"，并非常重视"积"的作用："故圣人者，人之所积也。人积耕而为农夫，积削而为工匠，积反货而为商贾，积礼仪而为君子。"又说："骐骥一跃，不能千步；驽马十驾，功在不舍。锲而舍之，朽木不折；锲而不舍，金石可镂。"孙中山先生曾讲

"以行而求知"、"因已知而更进于行",并讲"不知固不欲行,而知之又不敢行,则天下事无可为者矣"。

《中庸》将"笃行"作为为学的最后阶段,曰"博学之,审问之,慎思之,明辨之,笃行之"。"笃行"是为学的最后阶段,就是既然学有所得,就要努力践履所学,使所学最终有所落实,只有这样才能做到"知行合一"。《论语》对"行"也有诸多释义。子曰:"先行其言而后从之。"意思是说"先做,然后再说并且贯彻到底"。子曰:"始吾于人也,听其言而信其行;今吾于人也,听其言而观其行。"也在强调"行"的重要性。周氏曰:"先行其言者,行之于未言之前;而后从之者,言之于既行之后。"同时,孔子还注重行为的动机,《论语》:"视其所以,观其所由,察其所安。"意思是说孔子观察人的行为,一是看他为什么如此做;二是看他怎么做,用的什么方法;三是看这种行为,在行为人身上发生何种习惯、何种品行。

因此我认为,工匠精神的回归,需要我们去深入理解和感悟,更需要我们在行动的层面去诠释和体会。

2016 年 3 月 8 日

浅谈人文精神

谈及科学,现在一般与技术并提,统称科技。社会上对一个人的科研实力也往往以各类奖项来评价,而真正的在好奇心的引领下对真知的渴求与探寻,则少有人关注。而这才是真正推动科学技术发展的源动力。诚然,对科技的探寻是为了解决问题,是在问题驱使下的一种研究活动。但如果仅是单单为着解决问题,也未免太功利。在解决问题之路上,采用的方法、形成的习惯、营造的关系等一系列氛围,融合在一起,谓之人文精神。

在高校人才培养中,"以人为本"既是我们的使命,又是我们的方法。而真正的以人为本,或者真正地为学生服务,要以满足学生的成才成长为核心和根本。以人为本,就是要培养学生的好奇心、求知欲以及良好的学习习惯,而不仅仅是对学生一味地纵容。学校在研究生培养过程中,是以导师的课题为本,一切以老师的研究内容和进程开展活动,还是以学生的兴趣为本,以学生的好奇心和兴趣点为内容开展研究,是长期在探讨的问题,不得不承认各有各的道理。也许有些人会说,在快餐文化的影响下,现今多数学生在科学研究中谈不上好奇心和兴趣点,但在学生培养过程中,学校老师也依然需要激发学生的好奇心、兴趣点以及求知欲,哪怕是一丁点的进步,都是值得可喜的事情。

在各个大学中,免不了要通过举办轰轰烈烈的科技竞赛活动、文化艺术活动等来使学生受熏陶、受锻炼。当然，我并不反对各类活动的开展，没有这些活动，学生就失去了表现和锻炼的机会。但我想，不能只是为了活动而搞活动，真正的目的是培养学生的一种能力，或是精神，要有设计、分阶段、分专题的进行，而不仅仅是热热闹闹而已。对学生的管理服务，也要经常思考"培养什么人、如何培养人"，不应只考虑管理或服务本身。

　　细微之处见精神。其实，人文精神更多的时候，是我们对细枝末节的一种态度，是对一些小事情的一种态度。有人将各种事分为三类，自己事、别人事、天下事。对自己事，要带有自我标签的理念，有自己的想法，一个独特的自我而非被大众化没有棱角的存在；对别人事，要换位思考，也许对我们是所谓的小事，对别人来说就是大事，所以很难说何谓大事、何谓小事；对待天下事，我们应有家国情怀，而不是冷漠无情。而真正拥有人文精神的人，在对自己事、别人事、天下事，理念、态度乃至精神上应是高度一致的。那些只视自己事为大事，或是一味地遵循"颂圣文化"、视唯上的事才是大事的人，是没有人文精神可谈的。

2016 年 4 月 17 日

甘当一辈子小学生

杜威先生说,教育是对继续经验的改造。对于我们生活之经验,比如说三十而立、四十不惑等等,我们只能经历一次,很多的事情对我们来说都是新的,都没有经验,只有经历了才有经验可谈。比如做父母,我们每个人只有自己成为父母后,才由不知到知、由不懂到懂地学习如何做父母。但对学做父母而言,孩子幼儿园教育,小学、中学、大学之教育方法又有不同,我们亦要学习每个阶段之教育经验。若有两个孩子,或是三个孩子,家长要学习如何教育老大发挥"长子如父"的作用,还要教育次子次女既要个性发展、又要学会服从。人们生而来到世间是要改造世界、改造社会的,最基本的是需要改造我们的生活。而改造未知的生活,需从改造我们的学习开始、从改造我们自己开始。

人是群居动物,时刻会受到身边人的影响,或是正向的,或是负向的,或是积极的,或是消极的,或是正面的,或是反面的。陶行知说:"我们个人受了周围的影响,常常有新变化,或是变好,或是变坏。教育的作用,是使人天天改造,天天进步,天天往好的路上走;就是要用新的学理,新的方法,来改造学生的经验。"在社会趋于复杂、愈加浮躁的今天,我们很难淡定地不受外界的影响。而去除干扰的定力,需要我们潜心学习、潜心修炼方能可得。

对于"学生"二字,陶行知先生这样解读:"'学'字的意义,要自己去学,不是坐而受教。'生'字的意义,是生活或生存。学生所学的是人生之道。人生之道,有高尚的,有卑下的;有片面的,有全部的;有用永久的,有一时的;有精神的,有形式的。我们所求的学,要他天天加增的,是高尚的生活,完全的生活,精神上的生活,永久继续的生活。"并进一步说:"不可学是学,生是生,要学就是生,生就是学。""凡是改变我们的,都是先生;就是我们自己都是学生。""虽出校门,仍是学生,就是不出教育的范畴。"由这些观点可知,在社会中生活的每一个人,每时每刻都应是学生,因为我们都在为生活或生存而学习。诚然,对于卑下的、片面的、一时的或是形式的生活之道是不需要学习的,我认为多数人还是有所追求的,还是想通过学习改造自己的境况和生活的。"三人行,必有吾师"这一道理大家都懂,但对于将能改变我们的人都称为先生、都以尊师之道感激之,这一心态和意境,怕是需要每个人很好地去体会。

  以师者身份自居,凡事希望别人都听我的,总不愿自己当学生,是我们这一时代的顽疾。如依法依规办事,总希望"我"是法律、"我"是规则、"我"说了算,总想让别人听我的,而不愿遵从别人的法律法规,这是社会的通病。之所以有些现象存在,归根结底是因为我们较为缺乏小学生那种会学习、懂服从、知分享且不耻下问之精神。

  诚然,一辈子甘当小学生,不是说只是学习别人的、学习外界而没有自己的个性和特色,这样对学生、学习或是教育的概念理解就太片面了。陶行知所提"新教育"包括三方面的意义:"新字的第一意义要'自新'",即要注意传承发展,而不只是忽而学这个、忽而学那个;"新字的第二意义要'常新'",此点与毛泽东所谈"不要吃老本,要立新功"之意是相通的，即要"苟日新，日日新，又日新"；"新字的第三个意义要'全新'"，意思是说不单是要形式上的新，更是内容上的新和精神上的新，而精神上的新、内在的新是核心、是根本，这里面倡导的是内外一致、表里如一、知行合一。

  我们每个人每时每刻所面对的下一刻时光，对我们每个人都是不曾经历过的全新时刻，即面临的是全新的境遇、全新的生活。因此需要我们时刻去学习如何更好地面对、如何更好地享受我们未知的下一刻。我们以小学生身份自居，小学生像是一张白纸，只有像小学生那样抱着前所未有的空杯心态，虚怀若谷地去期待、去学习、去享受、去感悟，我们一辈子的生活才会更加有滋有味、多姿多彩。

2016 年 6 月 8 日

行知论

陶行知,原名陶文浚,大学期间推崇明代哲学家王阳明的"知行合一"学说,取名"知行"。由1934年安徽大学的演讲记录可知,"知行"的名字跟了他二十四年,而其思想是主张"行知行"。1934年7月16日《生活教育》第1卷第11期"行知行闲谈"栏《行知行》文章发表时,署名为陶行知,此后即改"知行"为"行知"。由此可知,陶行知先生对"行知"理论的执着可见一斑,其改名的历程,也是其思想变化的历程。

1. 行是知之始

王阳明先生主张"知行合一",且说"知是行之始,行是知之成"。意思是说,知是行的开端,行则为知的完成,二者互为始末,因此行一件事之前,必先有知,行者必以知为前提。而陶行知则主张"行是知之始,知是行之成"。并举例说:"最初发明电的知识是从哪里来的?还不是从科学实验中得来的?""爱迪生发明了电灯丝,经过一千多次实验才成功,也是从行动中得来的。"并说"行动是老子,知识是儿子,创造是孙子。因此主张'行知行'。"

《墨辩》论"知道"的分别说,凡有三种知:闻、说、亲。《说》曰:知,传授之闻也。方不㢓,说也。身观焉，亲也。意思是说，别人传授的知识叫作"闻"或"闻知"；有推论得来的知识叫作"说"或"说知"；自己亲身经历来的，叫作"亲"或"亲知"。"亲知"是一切知识的基础，没有"亲知"做基础，"闻知"和"亲知"均系不可能的事，因为没有"亲知"做安根。

　　荀子关于行的哲学，《儒效》中说："不闻不若闻之，闻之不若见之，见之不若知之，知之不若行之。学至于行之而已矣。行之，明也。明之为圣人。圣人也者，本仁义，当是非，齐言行，不失毫厘。无它道焉，已乎行之矣。"荀子不但倡导行，还倡导在行中"积"，并非常重视"积"的作用："故圣人者，人之所积也。人积耕而为农夫，积削而为工匠，积反货而为商贾，积礼仪而为君子。"又说："骐骥一跃，不能千步；驽马十驾，功在不舍。锲而舍之，朽木不折；锲而不舍，金石可镂。"孙中山先生曾讲"以行而求知"、"因已知而更进于行"，并讲"不知固不欲行，而知之又不敢行，则天下事无可为者矣"。

　　2007年4月，时任上海市委书记的习近平，在上海市文明委全体会议上谈道建设社会主义核心价值体系时强调指出，"行是知之始，知是行之成"，文明素质重在实践，重在养成；"尽小者大，慎微者著"，要从大处着眼、小处着手，推动城市文明和市民素质有一个大提升。

　　管理学学科创始人彼得·德鲁克曾说，我们缺乏的不是创意，而是对创意的执行，由此可见"行"的重要性。有道是"知之未行，不算真知"。

2. 教学做合一

　　"行"也即"行动"、"施行"之意，当"做"讲。我们常讲教学相长、师生互动，多数人都认为教师是教书的，学生是学习的，而做什么、做的怎样、做事怎样则少有关注。陶行知说，教、学、做是一件事，不是三件事。并说："要在做上教，在做上学。在做上教的是先生；在做上学的是学生。从先生对学生的关系说：做便是教；从学生对先生的关系说：做便是学。先生拿做来教，乃是真教；学生拿做来学，方是真学。不在做上用工夫，教固不成为教，学也不成为学。""一个活动对事来说是做，对己来说是学，对人来说是教。"并倡导"真正之做只是在劳力上劳心，用心以制力。"

陶行知曾谈道，民众活动有三种方式：一是劝民众干，二是替民众干，三是和民众一同干。并说劝民众干是自己处于旁观地位；替民众干是令民众处于旁观地位；唯独加入民众当中做一分子和他们一同起劲地干，才是最有效的民众活动。如此参考，教育亦可称有三种方式：一是教育学生学，二是命令学生学，三是和学生一同研究探讨式地学。而唯有和学生一同探究解决问题的办法，才有教和学的真快乐，也才能教学相长。老师学习的精神本身对学生就是一种榜样，一种正向影响，此所谓"身教胜于言教"。陶行知曾讲："要学生做的事，教职员躬亲共做；要学生学的知识，教职员躬亲共学；要学生守的规矩，教职员躬亲共守。我们深信这种共学、共事、共修养的方法，是真正的教育。"在陶行知的教育理念当中，也非常重视朋辈教育，或可看作以生为师的思想，发挥榜样的作用。其在办民众教育中谈道："我们现在办民众教育必得要承认：农人中最好的先生，不是我，也不是你，是农人自己队伍里最进步的农人！工人最好的先生，不是我，也不是你，是工人自己队伍中最进步的工人！小孩子最好的先生，不是我，也不是你，是小孩子自己队伍里最进步的小孩子！"并说"帮助进步的小孩子格外进步，由他们'联合自动'，领导全体小孩子及时代落伍的成人一同进步！"由此可知，这既是教学做的辩证观，又是由行致知的辩证观。

中国教育的现状多是一提到教育，就认为是老师来教，学生来学，而不知道老师也要学，学生亦可做先生来教；就联想到笔和书本，以为教育便是读书和写字。我们都知"学以致用"，但真正有什么用、怎样算是有用、如何学才有用、如何用才算真学，值得我们深入思考。陶行知提到，世上有两种人生活极无意义：一为读书而不做事，一为做事而不读书。这与"知识是学出来的，能力是练出来的"有着同样的内涵。

2016 年 6 月 11 日

人生永远没有毕业

又是一年毕业季,无论是小学、中学和大学,不同的学校都被各式的毕业季文化充斥着,同学的祝福、师长的嘱托、家长的期盼不绝入耳。尤其对于多数大学生来说,终于毕业了,应好好歇上一场,至于对职场生活的考虑,那是工作以后的事情。

对于我们每个人来说,无论是求学、工作、还是经营我们的家庭,每一段历程对我们都是新的,都是我们不曾经历的。面对新的工作生活,我们时刻存有挑战,即使轻车就熟也应考虑如何做得更好。人生唯有抱着一颗没有毕业的心态,甘当一辈子小学生,我们才能更好地不断前行。

学习永远没有毕业。传统意义上的学习,多被认为是学校教育。现阶段,我们经常被"活到老,学到老"这一思想熏陶着,这意味着我们对学习的态度时刻不能放松。陶行知曾说:"社会即学校,生活即教育。"这句话告诉我们,社会才是真正的大学,生活才是最好的教育。因此,对于学习,是没有毕业之说的。对于学习,首先需要向书本学习,养成经常读书的习惯,使我们多方面都能获益。当然如果只是抱着想获益的态度去读书,未免太功利,应是让读书如柴米油盐般成为我们生活的一部分,唯有这样才会体味读书的乐趣。其次是向周围的每个人学习,"三人行,必有吾师",注意把别人的优点用在自己身上来体验,长期坚持就会成为有个性的我的一部分。再次是向生活学习，学会感知和体味生活的两面性，每一段生活都是一笔财富，面对挫折，或是觉得社会不公、环境不好，或是觉得是一种潜能的激发、生命的挑战，不同的思维给我们带来的是不同的变化和成长。

工作永远没有毕业。在社会发展迅猛、变革加剧的今天，我们很少能在一个部门或是同一岗位上长期工作。而岗位的变动，为我们带来的是角色的转换，需要我们不断地成长进步，以适应不同岗位和不同的工作。毛泽东曾说："不要吃老本，要立新功。"即使是在同一岗位上有着三五年的经历，我们也不能说自己已经是优秀的毕业生了，我们也依然需要面对问题和挑战，如何能做出新的业绩。尤其是协同工作、协调发展越来越重要的今天，我们需要时刻面对新的团队、新的队员，这就需要培养团队精神、提升团队意识、加强团队建设。因此在工作中学习成长，是一个永恒的话题，只有我们工作角色终止了，在工作上才算真正的毕业。

经营家庭永远没有毕业。我们从呱呱坠地之日起，都在学习如何扮演好自己的家庭角色，并且永不停息。襁褓时我们通过各种啼哭和肢体语言表达自己，向父母家人表达吃喝拉撒睡最基本的生理需求；孩童时是我们考虑如何让家长满足自己的玩乐需求；学习生涯时是我们思考如何适应学习，如何进入下一段理想的学习生涯；工作之初是我们学习如何平衡工作与生活；结婚后是我们学习如何与爱人及两个家庭相处；为人父母后是我们学习如何教育孩子，并需要学习孩子的不同阶段的教育及相处之道。如此循环不止，每个阶段对我们来说都是新的，角色感的变化及驾驭非常明显。

由以上三方面可知，倘若希望自己能适应不同的环境、驾驭不同的生活，则需要不断地学习成长，为人、为学及处事的道理，学无止境。因此，我们的人生永远没有毕业，我们所完成的只是不同阶段、不同驿站的角色转换，倘若某一阶段转换后，长期坚持习惯被打破了，就需要重新学习调整。我们所处的时代是变化的时代，且变化非常之快，既然我们没有毕业，时刻都是学生，我们就应踏实地学习、成长并改变自己，去适应工作、适应环境、适应社会。

2016 年 6 月 30 日

法制与人情

在现代人们对于法制概念的理解和使用是不一样的。其一是狭义的法制,认为法制即法律制度。详细来说,是指掌握政权的社会集团按照自己的意志、通过国家政权建立起来的法律和制度。其二是广义的法制,是指一切社会关系的参加者严格地、平等地执行和遵守法律,依法办事的原则和制度。其三是一个多层次的概念,它不仅包括法律制度,而且包括法律实施和法律监督等一系列活动过程。而法治则指根据法律治理国家,与"人治"相对应。二者的区别主要指,法制所讲的法律制度既可以是好的、民主的法律制度,也可以是不好的、专制的法律制度,而法治所讲的法律制度单指良好的、民主的、能使法得以正确适用和普通遵守的法律制度。

也许因为我们的法治社会太不健全,一谈"法治"就很容易让人觉得是"法制",个别时候还会让人觉得有些"专制"的味道。儒家文化是我们中华文明的根基,好的一面自不必说,千百年来逆来顺受等理念深入身心。但它也有其劣根性的一面。现实社会中的主要表现是,多数人总想制定规则,让别人去遵守,不论是身居高位的领导者,还是作为一家之长的父母,多是希望下属、孩子听自己的,少了民主氛围的人情。更有甚者,有的领导者不但工作时对下属呼风唤雨、吩咐不断,即使工作之余也希望下属随叫随到、左右相伴,陪吃、陪聊或陪玩儿。总让人觉得缺乏人情。

无规矩不成方圆,大到国家,小到集体、团队或家庭,倘是没有制度规矩,也许只靠人情也能维持得很好,但终不能长久。如果换了领导,则可持续性会大打折扣。没有人情只有规矩的团队,自不必谈,哪怕是一点点的加班加点,恐让人不太习惯,"凭什么要我加班","我谈规矩你谈人情,我谈人情你谈规矩"。如此之团队关系,定是冷若冰霜。

"埋头苦干"是我们一直被灌输的教育思想。诚然,从个人角度看,我们确实应有铁杵磨成针的执着精神,只有经历风雨才会现彩虹。然而,从组织角度而言,让大家拥有"抬头乐干"的氛围,有时候比苦干更有效率,也更有潜力。而让大家"抬头乐干"的关键,应是真正拥有法治的氛围,该"法制"时用法制,该"人情"时谈人情。尽人情其实很简单,有时需要的仅仅是一声嘘寒问暖,或是一个微笑、一句鼓励,或是一个点赞。而一味地"又让马儿跑,又让马儿不吃草",只是布置任务,不给条件地命令,给人带来的动力和真正的效率可想而知。因此,真正的法治,既是民主与集中的完美结合,又是法制与人情的完美结合。

傅斯年曾讲:"学校只有法治,不能称其为教育;学校没有法治,不能上轨道。"我想,这既有管理与服务的辩证关系,亦有法治与人情的两面。而真正的法治,应是建立在多数民主基础上的法治。真正的法治,必应包含有人情味儿,而这一愿景的实现,怕是有很长的路要走。

我虽然不是法律人士,亦谈不出"法制"与"法治"的深刻内涵和本质区别,但至少,以上的思考,促使我对"法制"、"法治"与"人情"有了更多的感悟。

2016年7月7日

后 记

十年，弹指一挥间。

十年，很长也很短。

二十年前，我踏进母校的大门，开始求学生涯。二十年来，我始终未曾离开母校的怀抱。对于母校，我有着道不尽的恩情。感谢母校哺育我成长成熟，感谢恩师教导我学习进步，感谢领导给予我指正关怀，感谢同事给予我宽容相伴。正是这些点点滴滴串起来的恩情，成就了今天的我。这本历经一年的随笔，本打算2016年母校八十周年校庆之际集结成册，是为纪念。但终因对书稿不甚满意，几经修改，才有了一点点为定稿画上句号的勇气。一切都是最好的安排，2017年，适逢纪念母校办学一百一十周年，这本《拾碎》的正式出版，也算是对母校恩情的回报。

感谢本书的责编，学苑出版社的魏桦女士，我曾经的优秀学生干部。在本书出版过程中，从句读标点、文章版面，到封皮排版，我们多次碰撞探讨，魏桦女士的专业敬业精神，令人心生敬佩，也深表感谢。能有这样的学生，也让我胸怀自豪。此刻，禁不住再次想起令人难忘的2003年北京非典。作为学生干部，魏桦女士虽家在北京，非典期间毅然选择留校与老师共奋战。患难见真情，非典时期建立的师生情，令人终生难忘。生活在于回味和体验，本书的出版过程，也让我对"不体验认识肤浅"有了更加深刻的认识和体会。

感谢曾经的同事，阚玉德、黄庭晚两位老师，在本书取名、排版及书名的设计等工作中贡献的智慧、给予的帮助。

感谢家人在生活中给予的无尽关怀。感谢我的爱人，一位伟大的母亲，在相濡以沫的同时，让我与一双儿女相遇，这着实是人生莫大的幸运。"养儿方知父母恩"，做了龙凤胎父母后，我和爱人对父爱、母爱有了更深的体会，并让我们对"可怜天下父母心"有了比别人更加深刻的感悟。

"遇见孩子，遇见更好的自己"，人生中的幸中之幸莫过于和非凡兄妹同成长共读书。一日问两个爱书的孩子，老爸的书即将出版是否会读，孩子给予了肯定的答复，这种回应，更让我对这本书的面世充满了期待。此书的出版，也算是送给家人，尤其是送给儿女的特殊礼物吧。

拾碎，本是我碎片化随笔的汇集成册，对普通生活的一种印记，加之本人才疏学浅，阅历有限，书中难免有不足和不妥之处，恳请读者批评指正，在此先行致谢。

2017 年夏至封笔

编者语

2016年夏,牛磊老师打电话给我,说有本书想出版,问我是否可以帮忙?我回答说,作为老师曾经的学生,既义不容辞,又充满期待。

随后牛老师将书稿发给我,打开一看,我深刻地感受到一位教育工作者对待教育、生活、学习等各方面体会的赤子之心。牛老师自大学毕业之后,一直在学校任教,从事学生教育、管理工作多年。他善于学习、总结,将自己从书中学到的知识应用到实际工作中,又在实践过程中进一步总结经验,这一习惯,在本书的文章中体现得淋漓尽致。图书编辑过程中,牛老师对待书稿的严谨认真给我留下了深刻的印象。我们经常会为一段话中某几个字的使用反复讨论,为全书的整体布局结构来回调试,为封面设计方案多次探讨。期间,牛老师还多次邀请学校里其他师者友人,听取他们对排版设计、图书风格等方面的意见建议。与其说是出版图书,更像是牛老师在出书过程中尽情地品味生活、享受人生。牛老师谦谦君子、温润如玉,一边担心来回改动稿件给我添麻烦,一边又想让书中的内容日臻完美,那种种纠结、严苛,和对增加我工作量的歉意都体现在了微信、邮件的字里行间。

作为一名教育工作者,牛老师的工作风格是,与学生一起接受教育,彼此共同成长。文如其人,书中的文章按照时间排序，一篇篇文章翻过，仿佛阅读一棵参天大树的成长，一圈比一圈圆满，一年比一年丰盈。我们每个人都是一本书，读完这本书，好似从一年多的文字当中，看到了牛老师十年的成长。用牛老师的话说，"拾碎"也算是他在一个部门工作近十年后给自己的一个交代。近一年来，我有几次回母校和牛老师进行沟通，再次回到熟悉的校园，再次见到熟悉的牛老师，依然健硕开朗，仍是年少模样，但脸庞上体现的却是坚韧与豁达。这，不禁让我想起了三毛女士曾经说过的话："读书多了，容颜自然改变，许多时候，自己可能以为许多看过的书籍都成过眼烟云，不复记忆，其实它们仍是潜在气质里、在谈吐上、在胸襟的无涯，当然也可能显露在生活和文字中。"牛老师的这种生活，也正是我渴望追求的。

这本书虽字数不多，却历经一年的编辑加工。每一种经历，都暗含着诸多的美好回忆。这一年，既加深了我和牛老师的友谊，又让我对一名教育工作者尽善尽美追求处女作这种精神心生敬畏，更感谢牛老师对学苑出版社以及我本人的无尽信任。我编辑工作从业尚浅，虽已尽所能，但书中难免有编辑加工不当之处，望读者见谅。

魏桦
2017 年仲夏